영상
노트

MODERN FANTASY STORY

**텀블러 현대판타지 장편소설**

# 투자의 귀신 제2권

**초판 1쇄 인쇄일** | 2025년 01월 01일
**초판 1쇄 발행일** | 2025년 01월 08일

**지은이** | 텀블러
**발행인** | 조승진

**편집기획팀** | 이기일, 김정환
**출판제작팀** | 이상민

**펴낸곳** | 데이즈엔터(주)
**주소** | (07551) 서울, 강서구 양천로 570, NH서울축산농협 NH서울타워 19층(등촌동)
**전화** | 02-2013-5665(代) | **FAX** 032-3479-9872
**등록번호** | 제 2023-000050호
**홈페이지** | www.daysenter.com
**E-mail** | alldays1@daysenter.com

ISBN 979-11-7309-576-4
ISBN 979-11-7309-573-3 (세트)

# INVESTMENT

# VISION

The Legend of the
private equity fund

텀블러 현대판타지 장편소설

## HISTORY

재벌의 탄생
삶서울 신흥재벌

건강이 곧 재산이다
트레이너 철금강과 함께하는 헬스레이드

자본주의 고인물에게 배우는 실전투자

계자를 키우는 방법
잎부터 슈퍼리치

귀자를 위한 슬기로운 투자생활

MODERN FANTASY STORY

# 투자의 신

2  鬼

# 투자의 귀신

제1장 투자조정      009

제2장 정리      037

제3장 연결고리      063

제4장 장외투자      089

제5장 재고회전      115

제6장 조직관리      141

제7장 채찍      167

제8장 단합      195

제9장 클리어      221

제10장 존경      247

제11장 귀신버스      277

제12장 왕의 귀환      303

1장
**투자조정**

종합상사는 정보의 보고(寶庫)다.

아무리 사세가 기울었다고는 해도 IX인터내셔널이 지금까지 쌓아 놓은 정보력은 상당히 견고했다.

[1/4~3/4분기 수출 동향 보고서]

한결은 장외투자에 앞서 우선 수출 동향부터 살폈다.

투자전략은 탑다운(Top-Down)방식에서 출발한다는 것이 차상식의 정석이었다.

리틀 차상식을 자처했으니 한결은 그 정석을 따르기로 했다.

'흠…… 수출 동향을 보면 국제시장은 점점 더 커지고

있다는 게 한눈에 보이네요. 아마 원유 가격의 하락이 호재
가 된 것이겠죠?'

　－이욜, 이젠 뭐, 기본 분석 정도는 툭 치면 툭 나오네?

　'뭐 이 정도 가지고 새삼스럽게요?'

　현재 유가는 1개월 만에 배럴당 8달러가 넘게 떨어져서
60달러 선까지 후퇴했다.

　산업계에는 이보다 더 좋은 호재는 없을 것이었다.

　물론 이는 양날의 검이 될 수도 있다.

　'오늘이 옵션 청산일이죠? 원유 가격이 내려갔으니 곡물
가격은 오를 텐데……..'

　－한번 보자, 어떻게 됐는지. 나도 졸라 궁금해 죽겠다,
야!


　[선물옵션 청산]
　[옥수수]
　[청산가 : 1,500센트(US/C)]


　옥수수 선물옵션은 계약 만기일에 부셀당 21센트 상승을
끝으로 마감되었고, 이 시점을 기준으로 청산되었다.

　'우리가 5달라……. 그러니까 500센트에 매수했으니
까……. 헤에엑! 세세세세, 세 배?!'

　－큭큭! 짜식이 놀라긴, 옵션이 다 그렇지, 뭐.

'…원펀치 임팩트가 졸라 센데요? 일반인들이 옵션에 목을 맬 만하네요!'

-이제 좀 알겠냐? 왜 그렇게 개미들이 옵션에 집착하는지 말이야. 그나마 지금 저게 시간가치가 많이 떨어져서 그렇지, 단타로 치고 빠졌으면 가격이 더 붙었을 거라고.

'아! 시간가치!'

옵션은 내재가치와 시간가치를 더해 프리미엄이 결정된다.

흔히 옵션의 시간가치를 '맥주의 거품'에 비유하곤 하는데, 이 안에는 주가의 변동성과 이자 등 수많은 기대와 리스크가 포함된다.

만약 운이 좋아서 포지션 진입 초반에 호재가 크게 터졌더라면 이보다 훨씬 더 큰돈을 만졌을지도 모를 일이다.

-자, 어쨌거나 판은 깔렸고, 이제부터는 내비게이션만 따라가면 되는 거야.

'내비는 건설 쪽이 계속 좋다고 찍어 주고 있잖아요?'

-오호?

'건자재 가격이 상대적으로 절하될 테니 건설이윤은 많이 남을 것이고, 동남아시아 건설이 호황이니 골드러시가 시작될 가능성이 높겠죠?'

물 흐르듯 분석이 이어졌다.

똑똑.

출근해서 한창 자료를 뒤지고 시장을 분석하고 있던 한결은 인기척을 느꼈다.

고개를 들어 보니 부팀장 이명선 대리였다.

"팀장님, 바쁘십니까?"

이명선 대리가 조심스럽게 물었다.

회사 업무에 도움이 된다고는 해도 사실상 시장 및 투자 분석 공부를 위한 사리사욕(?)을 행하고 있었지만, 겉으로 보기에는 아침부터 회사 자료들과 씨름하고 있는 부지런한 팀장의 모습이었기 때문이다.

"아니요! 무슨 일이에요?"

"방금 구조조정본부 나홍민 차장님이 투자기획조정 명령서를 주고 갔습니다."

"쯧……."

전임 팀장이 개판을 쳤던 투자기획이 드디어 구조조정본부의 조정명령을 받게 된 것이었다.

—드디어 올 것이 왔군.

'쩝! 투자기획팀장 부임 이후로 제법 일을 잘해 내고 있다고 생각했는데, 아니었나요?'

—원래 일 잘하는 놈이 더 괴로운 법이야. 군대에서 안 배웠냐?

'어, 아저씨 군대도 다녀왔어요?'

—회계장교 출신인데?

'진짜요? 안 그렇게 생겨서는 장교생활을?'

―아무튼 간에 나홍민이 누구야?

'기획조정 1팀장인가? 아마 그럴걸요?'

―기획조정이면… 구조조정본부 실세 아니야?

'실세 라인 중 하나이긴 하죠. 전무이사 직속은 아니더라도.'

―흠…….

뭔가 찜찜하다는 듯, 차상식이 인상을 찌푸렸다.

―뭔가 좀 그렇지 않냐? 하필이면 이 타이밍에 기획조정?

'지금 타이밍이 어때서요?'

―아, 새끼 눈치하곤! 인마, 투자본부가 이제 막 구조조정 끝내고 한창 잘나가고 있는데 갑자기 군내 나는 지난 기획을 들쑤신다는 게 어떤 뜻이겠냐?

'……아! 투자고문회의에서 책잡힐 게 분명하네요!'

―책잡히기만 하겠어? 아마 앞으로 부실기획이 어쩌고 리스크가 저쩌고 하며 졸라게 괴롭히려고 들 거다!

'와, 씨! 그건 또 생각을 못 했네?'

―넌 아무래도 투자보다도 사내정치를 좀 배워야 할 것 같다. 투자에서 정치는 기본으로 깔고 가야 하는 거거든.

한결은 속으로 고개를 가로저었다.

'투자자가 돈만 잘 벌면 되는 거 아닌가요?'

-얼라려? 인마, 바이아웃은 기업쇄신으로 돈을 버는 거라고 몇 번이나 말했냐?

　'아?!'

　-짜식이 이거 안 되겠네? 쯧! 커리큘럼을 어떻게 짜야 하려나.

　'정치는 나랑 상극인데……'

　-배움에 편식이 있으면 쓰겠냐?

　'으음……'

　-아무튼, 이번에는 그것부터 좀 배워 보자.

　'어떤 걸요?'

　-바이럴.

§　§　§

　투자조정 명령에 따라 기획조정안을 가지고 투자본부장 집무실로 찾아간 한결은 '원유 가격 하락, 곡물가 상승에 따른 투자전략 조정'이라는 제목의 보고서를 제출했다.

　"최근 동남아시장의 반도체 수요가 폭증하고 있다. 미국과 영국이 원천기술에 대한 경합을 벌이면서 유가가 내려갔고, 반도체 산업의 심장인 연료 가격을 크게 낮춤으로 인해 미국이 제2 전략자원인 곡물을 시장에서 크게 키우기 시작했다. 그 전략의 일환으로 바이오디젤을 밀기 시작한 것이다?"

"네, 그렇습니다."

보고서를 살펴보는 임 상무의 표정이 심상치 않다.

ㅡ미국의 '바이오디젤 장려'라는 '바이럴'이 회사에 퍼지기 시작하면 모든 조직들이 술렁일 거다. 아마 그렇게 된다면 조직 전체가 흔들리게 되겠지?

'이렇게 회사를 통째로 흔들어도 되는 걸까요?'

ㅡ내가 정치의 기본이 뭐라고 했냐? 중상모략(中傷謀略)이라고 했지? 그럼 그걸 위한 첫 번째 덕목이 뭐냐? 바로 여론을 선동하는 거야. 지금 구조조정본부 산하의 어떤 잡놈들이 투자본부를 제치려고 수를 쓰고 있는 상황이잖아? 그렇다면 답은 하나야.

'판이 흔들리면 경쟁자도 흔들린다?'

ㅡ그래! 공격좌표가 나에게 찍혔다고 생각되면 아예 판을 흔들어 주는 거지. 그럼 제까짓 게 어떻게 쏠 건데?

'아하!'

임 상무는 심각한 표정으로 보고서 파일을 덮었다.

"이거, 출처가 어디야?"

"상무부입니다!"

"상무부에서 대놓고 바이오디젤을 밀어주고 있다…….
그 말인즉, 유가를 올릴 생각이라든지 달러화 조정에는 큰 관심이 없다는 거잖아?"

"이제는 굳이 통화완화까지 생각할 필요가 없을 정도로 경제가 많이 나아졌다고 생각하는 것이겠죠."

옥수수 가격을 조정하고 바이오디젤을 밀어준다는 것은 비단 곡물 가격의 상승만 생각할 문제는 아니었다. 시작은 옥수수 가격 상승이지만, 그로 인한 파생효과가 어마어마할 것이기 때문이다.

"마침 구조조정본부에서 적극적으로 움직이는 것 같던데, 어떻게 대처하려고 하나?"

"이 기회를 틈타 부실기획을 쳐내고 새로운 기획을 잡아야지요."

"실적 부재로 HMN이 난리를 칠 수도 있는데?"

지금의 투자는 주객이 전도된 상황이었다.

종합상사의 투자라는 것은 수출입 실적을 올리기 위한 것인데, 지금은 HMN의 상환압박에서 벗어나기 위한 수단으로 전락하고 만 것이었다.

그렇기 때문에 모두의 입을 다물게 만들 전략이 필요하다는 뜻이다.

"진내사격(陣內射擊)도 괜찮다고 하신다면, 이번 기회에 쭉정이를 모조리 날려 버리는 것도 나쁘지 않다고 생각합니다!"

"쭉정이라……."

"제가 부실기획을 하나부터 열까지 죄다 엎어 버리겠습

니다!"

"으음……."

"마침 바이오디젤로 회사 분위기도 어수선해질 텐데, 지금이 딱 적기 아니겠습니까?"

한결은 자신이 뿌린 떡밥을 믿고 기획 자체를 파괴하는 선택을 꺼냈다.

─결국 극단적인 시나리오로 가겠다? 나쁘지 않네!

'엎으려면 과감하게!'

─하지만 그렇게 진행하려면 누군가는 총대를 메야 할 거 아니야?

'총대요? 이미 메고 있잖아요.'

─아! 전임 팀장?

'전임 팀장이랑 관련자들 찾아내서 싹 다 조져 버리면 답 나오지 않겠어요?'

한결의 과격한 제안을 받고 고민에 빠진 듯 한동안 고뇌하던 임 상무는 이내 이를 악물었다.

"그렇게 하지. 엎어 버려!"

§ § §

한결은 투자쇄신을 위한 정보수집과 정리작업에 착수했다.

부팀장 이명선 대리는 한결이 요구한 자료들을 가져다주

며 다소 미묘한 표정을 지었다.

"괜찮으시겠습니까?"

"네? 뭐가요?"

"…아닙니다. 뛰어난 분이시니 제가 설명하는 것보다는
직접 보시는 게 낫겠죠."

한결은 자료들을 읽어 나가기 시작했다.

일단 투자금 현황부터 살펴봤다.

그런데…….

'숫자가 다 다른데요?'

−장부를 아주 발로 갈겨 썼네. 이야, 고생길이 훤하다, 야!

관리회계랍시고 자기 마음대로 부기를 해 놔서 아예 비
교조차 힘들게 만들어 버린 것으로 보였다. 이렇게 되면 처
음부터 끝까지 투자대상에 대한 조사를 시작해서 장부까지
탈탈 털어야만 한다.

이명선 대리의 '괜찮냐'는 표정은 아마 이걸 걱정한 것
으로 보인다.

한결은 웃어넘겼다.

'그래 봤자 숫자인데요, 뭐!'

−아! 그래, 숫자 괴물!

수의 영역은 그 무엇보다도 자신 있는 분야였다.

한결은 거침없이 장부를 훑기 시작했다.

"지난번 조정된 샌드익스프레스만 하더라도 기획규모가

2,700억 상당이었는데 51억 6,751만 원 정도가 비네요. 그밖에 섬유부문에서 23억 4,541만 원, 원자재에서 78억 9,398만 원…… 복식부기장부랑 많이 상이하긴 하네요."

"…세상에, 그걸 다 기억하고 계십니까?"

"이 정도 가지고 뭘. 아무튼, 어딘가에 돌파구는 있겠죠!"

십 원 단위까지 정확하게 기억할 수 있는 숫자의 천재 한결에게 이 정도는 애교 수준도 안 되는 일이었다.

하지만 그걸 모르는 사람으로서는 놀랄 수밖에는 없었다.

-아이고, 저 표정 좀 봐라! 괴물 짓도 좀 가려 가면서 해! 애 놀라잖냐!

한결의 행보는 거침이 없었다.

"회사 재무제표 뽑아 놓은 거 있죠? 그것 좀 주세요."

"…네."

이명선은 마치 뭔가에 홀린 듯 한결에게 재무제표를 가져와 건넸다.

한결은 곧장 회사의 재무제표를 받아서 투자금 현황과 맞춰 봤지만 투자금 출납부터 사용금액까지 맞는 것이 하나도 없었다.

'도대체 뭐죠? 분식회계라도 한 걸까요?'

-그게 아니라면 중간에서 투자금이 세고 있었거나.

'…투자금 누수요?!'

-기업에서는 너무나도 흔한 일이지. 특히나 투자본부를

아웃사이더로 생각할 정도로 썩은 종합상사라면 더더욱 그렇지 않겠냐?

'차라리 잘되었네요.'

만약 투자기획이 생각한 것보다 더 개판이라고 한다면, 오히려 한결에게는 잘된 일이었다.

관련자들을 더 혹독하게 조질 수 있을 테니 말이다.

똑똑.

별안간 그의 책상 앞에서 인기척이 느껴졌다.

"신 과장, 커피 한 잔 마시고 해!"

"…황 부장님?"

아세안 수출입 관리부의 황문식 부장이었다.

요즘 통 소통이 안 된다는 그 고집불통의 수출입 본부에서 서열 4위의 인물이며, 사내 영향력 또한 무시할 수준은 아니었다.

"어때? 투자기획조정은 할 만해?"

"네, 괜찮습니다!"

그나저나 저 고집쟁이 황 부장이 이 시간엔 어쩐 일일까?

한결이 의문을 품고 쳐다보자 황 부장은 그제야 본론을 꺼내 들었다.

"그… 있잖아……. 투자기획 포트폴리오 조정 시안에 우리 수출기획도 같이 좀 넣어 주면 안 될까?"

"예?"

어디선가 소문을 듣곤 벌써부터 한결을 찾아온 모양이었다.

"아예 수출과 투자의 기획을 엮어서 양쪽 기획을 한 번에 끝내 버리자는 거지! 어때? 죽이지 않아?!"

"아?!"

한결은 고개를 갸웃거렸고, 차상식은 황당함에 혀를 찼다.

-저 새끼가 지금 네 밥상머리에 숟가락을 얹겠다고 달려드는구나.

'숟가락? 양동작전이 아니라요?'

-언뜻 듣기엔 아주 좋은 기획 같지만, 한 가지 맹점이 있어. 잘못하면 수출부진의 책임을 투자기획자가 짊어지게 될 수도 있다는 점이지.

'어?!'

-게다가 수출입 본부가 아이템을 물어 와도 그것을 검증하고 기획검토를 받는 쪽은 너잖아. 결국 네가 기획검증에 검토, 결제까지 다 받아 내야 한다는 뜻인데, 심지어 쇄신안 기획에 무슨 도움을 준다는 얘기도 없잖냐.

'…남의 밥상에 숟가락 얹는 건 이노무 회사 국룰인가?'

-본능이지, 인마. 이것도 사내정치의 일환이야. 앞으로 네가 배워야 할 것들이지.

한결은 그제야 깨닫게 되었다.

투자기획팀장이라는 자리가 결국에는 호구 잡히기 딱 좋

은 곳임을 말이다.

한결이 부팀장을 슬쩍 쳐다보자 그녀는 슬그머니 고개를 가로저었다.

'아니요, 좋지 않아요!'

혹여나 오판할까 봐 빵긋거리며 입 모양으로 조언했다.

한결은 생각에 잠겼다.

─어쩔래? 면상에 침이라도 뱉어 줘? 그럼 졸라 재미있긴 하겠다! 큭큭큭!

'결국 우리 입장에서는 저 황소대가리가 밥상에 숟가락만 얹고 째는 게 재미없다는 거잖아요? 결국, 덤터기만 뒤집어쓸 테니까.'

─그렇지.

'그럼 우리도 얹죠! 저 새끼만 숟가락 얹으라는 법 있어요?'

─오호?!


§ § §


황 부장이 치사하게 다리를 걸치려는 행동 자체는 열 받지만, 그래도 한 가지는 확실했다.

한결이 뿌린 바이럴이라는 떡밥이 제대로 통하고 있다는 것 말이다.

'난 오히려 좋아요. 바이오디젤 보고서가 힘을 발휘하고 있다는 거니까.'

—하긴, 저 황새대가리가 너를 직접 찾아온 것도 결국 바이럴의 힘이 만들어 낸 결과이긴 하겠군!

'그리고 투자기획도 결국엔 아이템이라는 게 필요한 건데, 저 새끼들이 충실한 사냥개처럼 사냥감을 물어 오면 나로선 얼마나 좋아요? 안 그래요?'

—큭큭! 좋은 딜 교환이다! 그래, 이런 상황에서야 쌍가능이지! 그런데 너랑 딜교하면 저 새끼는 그냥 원 펀치 쓰리강냉이 털리는 건데, 과연 하려고 할까?

'누구에게나 그럴싸한 계획은 있죠, 강냉이가 털리기 전까지는. 그러니까 날 찾아왔죠.'

—큭큭, 잘 아는구나.

눈에는 눈, 이에는 이다.

누군가 내 밥상에 숟가락을 얹으려고 한다면? 그럼 나는 국자로 얹으면 되는 것이다.

한결은 황 부장에게 크로스 카운터를 날렸다.

"생각해 보니 투자기획의 짜임새가 너무 나빴나 봅니다! 결국 투자도 수출을 위해서 하는 건데."

"…그렇지! 이야, 역시 신 과장! 그동안 우리가 얼마나 답답했는지 알아? 정 팀장 그 새끼는 말을 해도 도통 들어 처먹어야 말이지! 블라인드 펀딩인지 뭔지 지랄한다고 아주 그냥! 어휴!"

투자기획팀은 단순히 투자기획만 하는 것이 아니었다.

수출입 업무에는 당연하게도 투자라는 것이 수반되어야 하고 설비 및 인력개발에도 투자가 필요하다.

한데 전임 팀장 정민호는 그걸 깡그리 무시하고 마이페이스로 일관했던 것이다.

"투자기획을 처음부터 다시 하겠습니다. 수출부에서 현재 다루고 있는 영업 아이템들을 전부 제게 넘겨주십시오. 투자기획을 붙여서 기획안을 작성해 보겠습니다!"

"…역시 신 과장! 크흐, 진국이야!"

"대신 조건이 하나 있습니다."

"조건? 뭔데? 얘기만 해! 무조건 들어줄게!"

"수출입 본부로 올라오는 시장조사 보고서들을 전부 제가 받아 봤으면 합니다."

"…시장조사 보고서를? 그건 우리 영업기밀인데?"

"그래야 짜임새 있는 기획이 나올 것 같아서 말입니다."

숟가락을 얹겠다는 놈을 곧이곧대로 받아줄 수는 없다.

-그건 또 무슨 전략이냐? 저 황소대가리를 소처럼 부려 먹으려고?

'정보는 투자의 기본이랬죠? 저놈들에게서 투자정보를 받아서 나도 좀 꿀 빨아 볼래요.'

-투자?

'장외투자 가르쳐 준다면서요. 시드머니도 벌었겠다, 이 참에 나도 제대로 투자 한번 해보게요.'

─크하하하! 그렇게 꼼수를 부려서 투자를 해보시겠다?

'꼼수? 아니죠. 상수!'

─그래그래! 마음에 든다! 원래 투자는 싸가지 없는 새끼들 등쳐 먹는 맛에 하는 거거든!

한결의 제안에 황 부장은 잠시 고민하는 듯했다.

하지만 그는 이내 한결의 제안을 받아들였다.

"그래, 할게!"

"앞으로 잘 부탁드립니다!"

"나야말로!"

이로써 협업계약이 체결되었다.

그러나 한결은 여기서 한 가지 의문점이 생겼다.

'그나저나 저 황소대가리는 어째서 우리 부서까지 찾아와서 자기네 영업기밀까지 털어 내 겠다고 한 것일까요?'

─화투 치다가 집문서라도 날렸나 보지.

뭔가 꼼수를 쓰는 것 같았지만 한결은 일단 '고'를 외쳤다.


§ § §


아침부터 무역아이템을 한 아름 들고 출근한 한결은 부팀장 이명선에게 엄청난 양의 자료를 선물했다.

쿠웅!

"…정말 하시려고요?"

"현재 우리 투자본부의 포트폴리오와 부합될 만한 안건을 찾아봅시다."

"네?! 그게 양이 다 얼마인데!"

"뭐, 하다 보면 다 하겠죠! 그리고 기존의 투자 건에 대한 현장답사를 실시할 것이니까 준비하시고요."

한결은 생각한다.

일이 이렇게까지 꼬여 버렸다면 단순 자료분석만으로는 절대 해결이 불가능할 것이라고 말이다.

"투자를 했으면 그게 제대로 된 건인지 아닌지 정도는 직접 눈으로 파악해야 하지 않겠습니까? 당연히 현장에 가 봐야죠."

"그……."

"무슨 문제라도?"

이명선은 뭔가 할 말이 있다는 듯이 우물쭈물하다가 그만 입을 닫아 버렸다.

"알겠습니다. 준비하겠습니다."

"오늘 출발할 거니까 그리 아세요."

추진능력은 비즈니스맨의 가장 큰 덕목이다.

그것이 최선이든 아니든, 일단 몸을 먼저 움직이는 것.

그것이 어느 쪽으로든 결론에 빨리 도달하기 때문이다.

-좋아, 나쁘지 않아! 안 그래도 추진능력에 대해서 가르치려 했는데 굳이 그럴 필요도 없겠어. 다만 한 가지 피드백을 하자면…….

'하자면?'

-아니다. 너한테는 해당 사항이 없는 얘기야.

'왜 말을 하다 말아요?'

-됐다고, 짜샤! 얼른 움직이기나 하셔!

뭔가 칭찬 비슷한 말을 하려다가 말을 끊은 느낌이다.

한결은 그러거나 말거나 일단 두 다리부터 열심히 움직였다.

한결의 첫 번째 목적지는 대구의 섬유공장이었다.

최근 IX인터는 미국과 유로에 섬유를 수출하기 위한 투자를 진행했는데, 그 기획대상이 바로 대구의 섬유공장단지였다.

KTX를 타고 대구로 내려가는 길에 한결은 이명선 대리에게 재무제표를 요청했다.

"섬유공장들에 대한 재무제표 좀 주시겠어요?"

"있기는 한데 전부 작년 것들뿐입니다."

"…회사에 투자대상의 재무제표가 없다고요?"

이건 또 무슨 뚱딴지같은 소리란 말인가?

-아예 관리감독에서 손을 났나 보군.

'이러니 투자가 개판이지!'

§ § §

약 두 시간 뒤, 한결은 공장단지 내에 위치한 투자처를 찾아갔다.

[동일섬유]

대구 섬유공장 밀집지역에 위치한 이곳은 자본금 650억 에 제법 큰 생산라인을 갖춘 회사였다. 중국에서 염료를 수입해서 사용하고 있으며 원사는 싱가포르에서 수입하여 원단을 만든다고 투자기획서에 나와 있었다.

공장은 쉴 새 없이 돌아가고 있기는 했으나, 배치된 인력은 상당히 적어 보였다.

한결은 공장의 사무실로 찾아갔다.

"IX인터 투자기획팀에서 나왔습니다."

"아이고! IX인터에서 오셨구나! 팀장님은 잘 계시죠?! 구미 박 마담이 언제 오냐고 찾고 난리도 아니었는데 말입니다!"

"…박 마담?"

"팀장님께 얘기 못 들으셨습니까? 요즘 구미 쪽 물 죽이는데?"

"제가 신임 팀장입니다만?"

"네?!"

공장 관계자들이 화들짝 놀라 서로의 눈치를 살피기 시작한다.

아무래도 자기들이 말실수를 한 것 같다는 생각에 벌써 눈치로 입을 맞추려는 것 같았다.

벌써부터 구린내가 풀풀 풍긴다.

―마담 얘기 나오는 걸 보니 관계가 아주 돈독했나 본데?

'…투자금이 여기서부터 세고 있던 거였나?'

한결은 당장 재무제표부터 요구했다.

"재무제표 좀 봅시다."

"아……."

"피 보기 전에 가져오시죠?"

"아, 알겠습니다! 얼른 가져오겠습니다!"

아무래도 오늘은 제대로 푸닥거리를 할 것 같다는 느낌이 든다.

한결은 사측에서 가져온 재무제표를 확인했다.

그는 회사에서 살펴보았던 투자기획서와 투자금 출납기록을 바탕으로 장부를 탈탈 털기 시작했다.

이상한 부분이 한두 개가 아니었다.

'역시!'

한결은 가장 먼저 당기순이익과 자본총액을 계산한 뒤, ROE(자기자본이익률)을 구했다.

-재무제표에 나와 있는 걸 굳이 다시 구한다는 것은 뭔가 냄새가 지독하게 풍긴다는 뜻이겠군?

'구린내가 아주 말도 못 하게 진동하네요! 심지어 ROE도 뻥튀기를 해 놓은 것 같은데요?'

기업이 가진 자본으로 얼마나 많은 이익을 낸 것인지 가늠하는 척도가 바로 ROE이기 때문에 보통 투자의 주요 점검 포인트 중 하나로 분류되기도 한다.

하지만 이 회사는 그것마저도 제대로 계상하여 장부에 부기한 것 같지도 않았다.

그밖에 현금흐름이라든지 총자산이익률 등도 따져 보았지만 장부와는 하나도 맞지 않았다.

'와! 나 진짜, 이런 경우는 또 처음이네. 이러니 투자기획이 개판이지!'

-그렇다는 건, 네 옆에 있는 재도 어느 정도는 기여를 했다는 소리 아니겠냐?

'으음!'

한결은 두 눈을 질끈 감으며 장부를 덮어 버렸다.

탁!

팩트라는 수술실은 마련되었다.

이제는 이것을 가지고 썩은 살을 도려내기만 하면 되는 것이다.

"뭐, 그건 그렇고, 우리 회사가 투자한 이후 해외로의 수출건수가 얼마나 잡혔습니까?"

"작년의… 어, 한 딱 절반 정도? 그 정도 되는 것 같습니다."

"방금 장부를 보니까 절반도 안 되는 것 같던데요?"

장부를 덮었지만 이미 그 내용은 머릿속에 다 입력되어 있었다.

한결은 장부를 펼쳐서 그 내용을 공장 관계자들에게 보여 주었다.

"어… 그게 그러니까 말입니다!"

"아무튼, 그러니까 투자금은 유입되었는데 수출이 전혀 안 되고 있다는 거잖아요? IX인터가 이쪽에 투자를 한 것은 국내시장 겨냥을 위한 것이 아니라 수출을 위한 것인데요. 맞죠?"

"그……."

공장 관계자들은 뭐라 말을 잇지 못했다.

이 모든 것이 모래 위에 쌓은 것이나 마찬가지였기 때문이다.

"그렇다면 섬유 관련 특허나 신기술 개발현황 좀 볼 수 있습니까?"

"…예?"

"R&D 성과가 얼마나 되는지 한번 보자고요."

"그, 그게……."

"어서요!"

"없습니다!"

"…네?"

한결은 혹시나 자신이 뭔가 잘못 들은 것인가 싶어서 고개를 갸웃거렸다.

뚜렷한 특허 하나 없고, R&D는 아예 시작도 하지 않은 무미건조한 기업에 피 같은 돈이 계속 수혈되고 있었다는 소리가 아니던가.

'이게 말이 되나?'

-방금 전에 블라인드 펀딩이라는 말을 했지? 그 황 뭐시기라는 놈이.

'그랬죠?'

-답이 딱 나오네. 블라인드 펀딩이라는 게 일단 투자라는 목적을 정해 놓고 자금 먼저 동원하는 거잖아? IX인터는 실적이 급했으니까 블라인드 펀딩도 나쁜 방법은 아니었을 거야.

'…실적이 급했으니까 감사고 뭐고 절차는 간소화되었을 것이고요?'

-그 틈을 타서 투자기획팀장이 투자 리베이트를 미끼로 회사들을 모집하고 다녔다면 결과가 이렇게 되어도 이상할 게 없지.

'그렇다면 애초에 이 새끼들은 투자성공에는 아예 관심

조차 없었던 거네요?'

 -그렇다기보다는 투자를 할 마음조차 없었던 거 아닐까?

다소 황당한 일이지만, 이게 IX인터의 현실이었다.

급한 불을 꺼 보려다 초가삼간 다 태우고 남아난 것 하나 없이 죽어 가는 기업이라는 뜻이다.

'이런 회사들이 이거 하나만은 아니겠죠?'

 -뒤져 보면 더 있겠지.

'회사로 돌아가서 정민호가 만들었던 IM을 한번 읽어 봐야겠어요.'

한결은 더 이상 볼 것도 없다는 듯이 자리에서 일어섰다.

"투자금 회수하겠습니다. 회사채 전부 매각하고, 주식은 귀사에서 매입하시든지 버리시든지 알아서 하시고요."

"네?! 이렇게 갑자기 투자금을 회수하시면 저희들은 어쩌란 말입니까?!"

"어쩌긴요, 유령회사 하나 폐업하는 거죠."

이대로는 투자가 진행될 수 없다.

성과 없는 회사. 게다가 노력조차 하지 않는 회사를 무슨 수로 더 품고 간단 말인가?

공장을 나온 한결은 이명선을 바라보며 물었다.

"박 마담. 누군지 알죠?"

"…네?"

"덤터기 쓰지 않으려면 박 마담에 대해 아는 걸 다 털어놔요."

투자기획이 이만큼 썩었는데 부팀장이 모를 리가 없다.

제2장
정리

첫 번째 투자기획조정대상은 대구의 섬유회사 21개로 확정됐다.

조정기획안을 토대로 경영진 회의가 열렸고, 재무이사를 비롯한 회사의 모든 중역들이 한자리에 모였다.

구조조정본부장 이태벽 전무는 기획안을 받곤 황당하다는 반응을 보였다.

"하! 투자대상들의 건전성이 이렇게까지 형편없었단 말이야?"

"아무래도 투자철회는 당연한 수순이라 생각됩니다."

"안 그래도 원자재 가격 폭락했다고 주변에서 다들 난리인데, 어떻게 투자를 이따위로 방치할 수가 있나?"

"…죄송합니다. 제 불찰입니다."

투자기획조정 보고자인 임 상무는 깊게 숙인 고개를 들지 못했다.

어쨌건 간에 이 기획을 통과시킨 건 자신이었기 때문이다.

"이렇게 투자기획이 바닥까지 탈탈 털리면 결국 손해 보는 건 자네인 걸 알면서도 이렇게 보고서를 올린 이유가 뭐야?"

"시기가 시기였기 때문입니다."

이 전무는 임 상무의 솔직담백함에 더 이상 추궁하지 않고 넘어갔다.

"뭐, 좋아. 어차피 조정했어야 할 기획이라고 말이 많았는데 이참에 백지화하지, 뭐. 다들 공감하지?"

"그렇게 하시지요!"

대구의 섬유회사들을 이대로 두고 볼 수 없다는 이 전무의 의견에 모두가 공감했다.

단 한 사람, 재무이사 최강일만 빼고 말이다.

"하지만 전무님! 이런 식으로 투자구조를 조정하다 보면 남는 게 하나도 없을 겁니다! 우리 회사의 수출실적 증진을 위해 투자라는 것을 진행하는 것인데, 이대로는 HMN에서 원하는 수출실적을 달성하기는 어렵지 않겠습니까?"

"으음!"

최강일 상무는 임 상무를 날카로운 눈빛으로 바라보았다.

"선배님! 아무리 그래도 그렇지, 사람이 일을 어떻게 그리 가볍게 처리할 수 있습니까? 구조조정본부에서는 분명 기획의 폐기가 아니라 쇄신이라고 명령을 내렸는데, 어떻게 손바닥 뒤집듯 명령체계를 뒤집을 수 있냔 말입니다."

포커페이스 임 상무의 눈썹이 일순간 꿈틀거렸다.

사람들은 이 두 상무의 관계를 두고 이렇게 얘기하곤 한다.

견원지간(犬猿之間).

그만큼 이 둘은 오랜 라이벌 관계이며 전무 자리를 놓고 몇 년째 경합을 벌이고 있었다.

오늘의 싸움은 어쩌면 정해진 수순인지도 몰랐다.

"…내가 명령체계를 어겼다?"

"그렇잖습니까? 구조조정본부에서 투자기획조정을 명령했는데 파기를 한다는 건 항명 아닙니까?"

뜬금없이 기획조정이 잘못되었다고 비판하고 나서는 최강일 상무.

임 상무는 피식 웃으며 그의 공격에 맞대응했다.

"우리 재무이사께서는 왜 이렇게 대구 공장에 집착하시나?"

"집착… 이라니요?"

"내가 잘못했다잖아. 그래서 기획을 파기하겠다니까?"

"그건 아니죠! 잘못했다고 다 엎으면 회사에 남아나는

프로젝트가 있겠습니까?"

"우리 투자기획팀장이 올린 보고서는 읽어 봤는지 모르겠는데, 대구 공장 21개에서 수출하는 섬유의 양은 한화로 100억도 채 안 돼. 애초부터 국제시장에서의 경쟁력을 갖출 만한 기술도 없었지만, 그 말도 안 되는 경쟁력이 R&D 투자 부재로 아예 바닥을 찍었단 말이지."

"내수시장 중심으로 운영을 하다 보면 자연스럽게 그리될 수밖에는 없죠. 본부장이라는 사람이 그것도 파악 못 합니까?"

"한국 사람들이 호구야? 해외에서 외면 받는 물건이 한국에서라고 팔릴까? 그것도 외국산 원단들이 판을 치는 섬유시장에서?"

"쓸데없이 해외시장에 돈 퍼 주는 것보다야 낫지요. 그리고 지금 우리가 경쟁력 운운하게 생겼습니까? HMN이 상환압박을 하고 있잖습니까!"

계속되는 재무이사의 일격에 판이 기울어지는 것처럼 보였다.

하지만 임 상무는 여기서 결정적인 한 방을 날렸다.

"내가 좀 알아보니 말이야, 구미에 박 마담이라고, 이 바닥에선 유명하더군. 우리 후배님도 잘 아시려나?"

"…누구요?"

"우리 투자기획팀장이 투자처 점검을 나갔었는데, 공장

에서 하도 박 마담이 찾는다기에 한번 알아봤다더군. 구미의 유명한 호스티스 마담이라고 하던데, 아예 IX인터 관계자들을 밥줄로 생각하고 있는 모양이더라고?"

임 상무는 테이블 위에 녹음기를 올려놓았고, 그 녹음기에서는 신한결 과장과 얘기하는 한 여자의 목소리가 흘러나왔다.

–…IX인터에서 누가 그렇게 접대를 받았습니까?
–많죠! 투자기획팀부터 시작해서 재무 쪽 사람들까지, 많기도 했죠.
–그중에서 인상 깊었던 사람의 이름 한 명만 알려 주시겠어요?
–특이한 이름이 있었죠, 나홍민이라고. 취향도 변태스러워서 내가 잊지를 못해요.

"관련자들 대부분이 퇴사를 했네만, 아직도 기획조정 1팀장으로 떡하니 한자리 해먹고 있는 자네 라인의 나홍민 차장은 건재하게 살아 있지. 이에 대해 어떻게 생각해?"

"갑자기 나 차장 얘기가 왜 나옵니까?"

"그만큼 썩은 프로젝트라는 소리야! 나도 모르게 어느새 이 회사의 자금을 야금야금 좀먹고 있었다고! 그런데 우리가 뭐 하러 이따위 프로젝트를 살려 둬야 하는 거지? 응?

얘기해 봐!"

결국 재무이사는 투자본부장과의 명분 싸움에서 밀리고
말았다.

보다 깊고 집요하게 파고든 신한결의 결정적인 정보가
만들어 낸 결과물이었다.

"그럼 뭐, 더 이상 싸울 건덕지는 없는 거지?"

전무이사의 질문에 재무이사는 굳은 표정으로 고개를 끄
덕였다.

"…죄송합니다."

"좋아, 그럼 이대로 기획은 폐기하는 것으로 하고, 투자
본부장은 추가로 폐기할 프로젝트가 있다면 조사 후에 추
후 보고하도록 하게."

"예, 전무님!"

결국 판은 임 상무가 원하는 대로 흘러갔다.


§ § §


한결은 차기 투자기획 정리를 위해 IM(투자설명서)를 모
으기 시작했다.

가장 심각한 기획을 처리했으니 이 기세를 몰아 아예 깔
끔하게 부실기획을 털어 내려는 것이다.

"IM은 보통 어디에 보관했었죠?"

한결의 질문에 부팀장은 자신의 서랍에서 USB를 하나 꺼내어 한결에게 건넸다.

"여기 있습니다."

"고마워요. 그럼 퇴근하세요. 저는 이것 좀 검토하고 갈게요."

"저… 팀장님?"

"네, 말씀하세요."

"할 말이 있는데, 잠깐 시간 좀 내주실 수 있으신가요?"

저번부터 뭔가 할 말이 있는 것 같아 보였었는데, 한결은 그녀가 먼저 입을 열기 전까지 기다리고 있었다.

아마도 판세가 돌아가는 것이 심상치 않으니 드디어 입을 열 생각이 든 모양이다.

한결은 회사 커피자판기가 있는 휴게실로 그녀를 데리고 갔다.

"커피 마실래요?"

"아니요, 괜찮습니다."

술담배를 안 한다는 그녀는 커피도 마시지 않았다.

한결은 뜨거운 커피를 마시면서 얘기를 들어주기로 했다.

"무슨 일인데 그러세요?"

"그… 지난번 수산물 사건 말이에요."

"수산물? 카르텔 사건 말인가요?"

"맞습니다. 그 카르텔 사건……. 실은 그것 말고도 비슷한 사례가 또 있었다는 걸 알려 드리고 싶어서요."

한결은 순간 고개를 갸웃거렸다.

자신의 귀를 의심한 것이다.

"…카르텔이 또 있었다고요?"

"예전에 팜유대란이 일어난 적이 있었는데, 그 당시에 우리 회사가 대두수입으로 반짝 재미를 좀 봤습니다. 하지만 가격은 금세 안정되었고 대두수입으로 인한 이익보다는 손실이 더 많아졌죠."

팜유대란은 잊을 만하면 벌어지는 단골 대란 소재였다.

전 세계적으로 가장 많이 사용되는 식용유인 팜유는 최대생산지인 태국에서 수출 기조를 조금만 바꾸어도 금세 가격에 영향을 준다. 그렇기 때문에 국제정세에 따라 가격 상승 폭이 널을 뛰기에 팜유대란은 주기적으로 일어나는 것이다.

그런 팜유를 대체할 요량으로 자주 거론되는 것이 바로 대두와 옥수수인데, 최근 옥수수 가격이 많이 상승해서 대두가 그 대체품으로 각광을 받던 시절이 있었다.

─음………… 그래, 기억이 난다. 태국에 가뭄이 들어 팜유 생산에 차질이 생기자마자 여기저기서 대두를 아예 싹쓸이하는 바람에 두부 가격까지 올라 동아시아 전체가 고생했었지.

'선배들이 했던 얘기가 기억이 나는 것 같아요. 하지만 가격은 금세 안정되지 않았나요?'

–맞아, 상향 평준화 보합세로 전환되기는 했어도 일단 안정은 되었었지.

'그런데 거기에 IX인터가 관련되어 있다는 거잖아요?'

도대체 IX인터가 어떤 식으로 연관되어 있고, 어째서 손해를 볼 수밖에 없었는지 궁금하지 않을 수 없었다.

한결은 USB를 컴퓨터에 꽂았다.

"어떤 파일인지 찾아 줄 수 있어요?"

"검색창에 INE라고 쳐 보시겠어요?"

순간 한결은 손동작을 멈칫했다.

"…INE라고요?"


§ § §


INE파트너스의 계열사 '라원무역'이 한창 품귀이던 대두시장에서 자기자본의 출혈을 감수하면서까지 사재기를 일삼았고, 그것을 바탕으로 이득을 취했다는 내용이 장부에 고스란히 남아 있었다.

한데 그 출혈성 사재기의 짜임새가 심상치 않았다.

"그러니까… 우리 IX인터가 쩐주 역할을 해 주었고, INE는 IX라는 간판을 이용해서 대두를 비싼 값에 팔아먹어 이윤을 챙겼다는 거잖아요?"

"하지만 중간에 대두 가격이 폭락해서 라원무역은 그대로 문을 닫아 버렸습니다."

"흠… 뭐야, 그럼 중간에 누군가가 크게 삽질이라도 했다는 건가?"

-아니지, 옵션이 있잖아.

순간 한결의 눈이 휘둥그레졌다.

'옵션?! 그럼 INE가 IX를 전주로 내세운 다음, 시장에 있는 대두를 싹 긁어다가 옵션질을 했다는 거예요?'

-처음에는 상승장에 걸어서 콜옵션으로 챙기고, IX라는 전주를 문 다음에는 풋옵션으로 챙기고. 만약 대두수입 총량에서 30%만 건져도 저놈들은 노 나는 거야. 재고? 필요 없지!

'…어차피 실질적인 피해는 투자자 쪽에서 보는 거니까?'

-그래.

'와! 뭐, 이런 개자식들이 다 있나? 아니, 잠깐. 그런데 아저씨는 이 사건을 꽤나 잘 아시는 것 같네요?'

-예전에 내가 INE에 대해서 왜 조사를 했는지 얘기해 줬었나?

'아니요, 나는 그냥 아저씨가 시키는 대로 조사만 해 줬었잖아요.'

－이런 형식의 사기가 예전에도 있었거든. 아무튼 간에 일단 저 아가씨 얘기부터 좀 들어 보자. 우리 얘기는 나중에 해도 충분해.

한결은 차상식의 말처럼 일단 이명선의 말에 귀를 기울이기로 했다.

"참… 충격적인 사실이네요. 하지만 제 생각에는 부팀장이 내게 이런 얘기를 한 데에는 뭔가 이유가 있었을 것 같은데요?"

"제가 생각했을 때, 이런 비슷한 구조를 가진 사기행각이 몇 건 더 있었던 것 같아요."

"…지금까지 진행되었던 프로젝트들 전부 말인가요?"

"전부는 아니고 최소 5~6건은 더 있을 것으로 보입니다. 대표적으로는 섬유공장단지 투자건이 있을 것이고…."

그저 단순한 부실인 줄 알았더니 그 뒤에는 그야말로 충격적인 비하인드 스토리가 숨어 있었던 것이다.

"그런데 왜 지금 와서 이 얘기를 하는 건가요? 저번에 그 난리가 났을 때에는 함구하고 있었잖아요."

"…무서웠어요."

"주동자로 의심을 받을까 봐?"

"공동정범이라든지 일부 배임 혐의로 몰리면 저는 앞으로 뭘 먹고 살아요?"

차상식은 슬그머니 고개를 끄덕였다.

-중견기업 밥줄이 짧기는 하지.

'일이 이렇게 되면 부팀장은 어떻게 될까요?'

-잘리겠지, 뭐.

'사수가 시켜서 한 일인데도요?'

-그걸 무슨 수로 증명할 건데? 주범이 안 잡혔는데 저 여자가 무사할 것 같아?

'그 전임 팀장이라는 놈이 정말 똥을 질펀하게 싸 놓고 갔네요.'

-물론 저 여자도 100% 신뢰할 수는 없지. 자기 잘못이 없다는 건 그냥 본인피셜인 거잖아. 그치?

'…슬프게도 인정할 수밖에 없네요.'

한결도 인정하지 않을 수 없었다.

저번에 봤던 대구 공장들의 광경은 그야말로 충격 그 자체였기 때문이다.

-처음에는 뭐가 뭔지 잘 몰랐으니 그러려니 했겠지. 하지만 어느 순간부터는 저 사람도 함께 취하게 된 거야. 성과는 오르지, 자기는 고속승진에 동기들은 부러워서 죽으려고 하지. 아마 살맛 났을걸?

'…인정하고 싶지는 않지만, 아저씨 말이 맞는 것 같아요.'

한결은 회사생활을 하면 할수록 인류애가 점점 사라지는 것을 절감했다.

－처음에는 저 여자도 크게 무슨 욕심이나 그런 건 없었을 거야. 하지만 인간의 욕심이라는 게, 독기가 쎄거든. 한번 커지면 걷잡을 수 없어.

'음… 그럼 어쩌죠?'

－한 방에 보내든, 네가 옆구리에 끼고 있든, 어쨌든 양자택일은 해야겠지?

순간 한결의 머리가 팍팍 돌아가기 시작했다.

'아! 잠깐…. 어쩐지 괜찮은 그림이 나올 것 같지 않아요?'

§ § §

'투자기획구조를 우리에게 유리한 쪽으로 바꿀 수도 있겠다는 생각이 들어요. 그 황 머시기가 숟가락만 얹고 탱자탱자 놀자판을 만들지 못하도록 말이죠.'

－이걸로? 무슨 좋은 계획이라도 있어?

'얼마 전에 FRM을 땄잖아요?'

－그랬지.

'이참에 리스크 관리한다고 투자기획 권한 전체를 우리가 끌어오는 거죠. 투자기획 조정이 엉망이니 회사의 쇄신이 어렵다면서요.'

－투자기획이 이따위였지만, 그걸 네가 바로잡은 거고.

그 공로로 권한의 확대를 노린다?

'이 판, 우리가 다 먹는 거예요!'

차상식은 한결의 얘기를 듣더니 또 팝콘 얘기를 꺼냈다.

―…재미있겠는데? 야야, 그거 하자!

'그럼 일단 저 여자부터 좀 처리를 하고요.'

―어떻게 하려고?

'우선은 투자기획 쇄신을 이끌면서 얻을 수 있는 정보는 최대한 빼내야죠. 그리고 나서 최종처분을 생각해 보는 게 낫지 않겠어요?'

이명선이 부실기획에 어느 정도 기여했다는 사실을 이용해서 그녀를 조종하겠다는 것이 한결의 계획이었다.

이 계획에는 차상식도 동의했다.

―그래, 그렇게 이용하는 것도 나쁘지는 않겠네. 그러려면 우선 저 여자부터 살려 내야 할 텐데?

'물론 그런 전략이야 구상했죠!'

한결은 나지막하게 이명선을 불렀다.

"이봐요, 부팀장."

"네……."

"아마 이 사실이 상부에 알려지면 당신은 100% 해고를 당할 겁니다. 그렇죠? 해고로 끝나지 않을 수도 있고요." "…맞습니다."

"하지만 그럼에도 불구하고 내게 이런 사실을 고백한 것은, 이미 당신의 입지가 흔들린다는 걸 알았기 때문이잖아요. 그렇죠?"

이명선 대리는 입이 열 개라도 할 말이 없다는 듯한 표정이었다.

한결은 그런 그녀에게 한 줄기 빛을 내려 주었다.

"좋아요, 이 사건, 내 선에서 덮도록 하죠."

"…정말요?!"

"다만 이대로 망조가 든 투자프로젝트를 이끌어 나갈 수는 없습니다. INE의 일도 그냥 지나칠 수 없고요."

"하지만 그럼 저는 잘린다니까요?"

"당신이 잘리지 않도록 하면 되죠."

"어떻게……."

"주범에게 모든 화살을 돌리면 어떨까 싶은데."

어쨌거나 이 사건의 주범은 전임 팀장 정민호였다.

모든 화살을 정민호에게로 몰아 버린다면 부팀장은 살수 있다. 또한, 앞으로 투자기획팀의 부실을 비판하는 목소리를 잠재울 명분으로도 쓸 수 있을 것이었다.

─어차피 모든 일의 원흉으로 몰린 마당에 혐의 한두 개더 얹어져 봐야 딱히 바뀔 게 없다?

'그렇다고 자기가 억울하다고 잠수 탄 놈이 수면 위로올라올 리도 없잖아요. 안 그래요?'

─이야, 너 판 잘 짠다? 이거 누구한테 배웠냐?

'…꼭 자기 자랑을 그렇게 하고 싶을까?'

-큭큭큭!

'아무튼, 판은 다 깔아 놨으니까 양념을 좀 쳐 볼까요?'

-오호, 양념 좋지! 이번엔 누구를 움직여 보게?

'여왕벌 2호요. 이제 슬슬 밥 줄 때도 되지 않았나 해서
요.'

-그래, 관리가 중요한 법이지.

한결은 이번 기회를 이용해 다음 쇄신안도 같이 해결해
보기로 마음먹었다.

"자, 그럼 일부터 좀 제대로 해봅시다. 섬유 다음으로 큰
문제는 뭐라고 생각하세요?"

"원자재… 겠지요? 하지만 원자재 부분은 쉽게 해결이
가능하지는 않으실 겁니다."

"어째서 그렇죠?"

"재무관리실이랑 엮인 사안이라서요."

"…재무이사가 투자기획을?"

이제야 의문이 풀렸다.

한동안 재무이사가 왜 그렇게 투자기획에 관심을 갖는
건지 의문이었는데 여기서 그 이유가 밝혀진 것이다.

'얼마 전, 대회의에서 재무이사와 투자본부장이 투자기
획조정을 두고 한바탕했다더니, 재무이사가 발작한 데에는
다 이유가 있었나 보네요!'

−IX인터가 HMN의 조정을 받는 것도 아주 이해가 안 된 것은 아니었어.

'많이 썩었네요…. 아저씨 말이 맞아요. 이런 회사는 나가는 게 상책이겠어요.'

−하지만 그래도 건질 건 건지고, 취할 건 취하고! 아주 매끄럽고 임팩트 있는 마무리가 중요한 거야.

염증이 느껴질 만큼 썩어 버린 회사에서도 건질 건 분명 있다는 것이 차상철의 조언이었다.

그렇다면 한결은 이제 책임감보다는 이익을 위해 움직여야 할 것이다.

"그래도 합시다! 언제까지 다 썩어 버린 투자기획을 가지고 갈 수는 없는 거잖아요?"

"…쉽지 않을 텐데요."

"쉽다고는 말 안 했습니다만?"

한결은 어쩌면 부실기획이라는 썩은 과실을 재무관리실로 밀어낼 수도 있겠다는 생각이 들었다.

계획을 다 짜 놓고 보니 한 가지 의문점이 생겼다.

"그나저나 말이죠. 예전 팀원들은 다 퇴사했는데, 왜 굳이 이 회사에 남겠다고 한 겁니까?"

"…회사원이 회사에 붙어 있는 게 이상한 일은 아니잖아요?"

"만약 구조조정 당시에 자연스럽게 퇴사를 했다면 전임

팀장에게 모든 책임을 몰아넣을 수도 있었잖습니까?"

생각해 보면 그녀의 이런 행동은 자칫 이직에도 걸림돌이 될 수도 있었다.

사표를 낸 것과 잘린 것에는 큰 차이가 있으니까.

"도박을 한번 해봤어요."

"도박?"

"처음 사무실로 복귀했을 때, 감이 왔었거든요. 말도 안 될 정도의 실적, 인간성, 등등. 이번 팀장은 뭔가 좀 다를지도 모르겠구나… 하고."

신한결과 정민호는 다른 사람이라는 직감.

그것이 그녀를 여기까지 끌고 온 것이었다.

"그래서, 직접 겪어 보니 어때요?"

"아직은 뭐가 뭔지 알 수 없죠. 모든 것은 결과가 말해 주는 것이니." "그렇죠. 회사에서는 결과가 모든 것을 말해 주는 법이니."

부팀장이 간자가 될 것인지, 충신이 될 것인지는 결국 한결의 손에 달렸다는 뜻이다.

§ § §

한가로운 주말의 오후.

유미연은 오늘도 회사에서 죽치고 앉아 있었다.

선배들은 그런 유미연에게 저마다 한마디씩 한다.

"그렇게 만날 사람이 없으면 집에 들어가서 좀 씻고 그래라. 진짜 드러워 죽겠네!"

"아, 몰라요!"

"저거 도대체 누가 데려갈지 몰라, 성질이 저 모양이라."

"우리 엄마 잔소리만으로도 딱 죽겠거든요? 무슨 놈팡이처럼 잔소리 지껄이지 말고 집에나 가시죠?"

"지껄…… 에휴, 됐다. 사람 같지도 않은 것이랑 무슨 대화를 하겠냐?"

"…사람, 뭐요?!"

"잘 때 불 켜 놓고 자. 경비아저씨가 너 귀신인 줄 알고 자꾸 깜짝 놀란다잖아."

"에이, 진짜!"

"아니지! 귀신도 저 얼굴 보면 놀라 자빠질 거다!"

"…죽어요, 그러다?"

"야, 그렇게 심심하면 우리랑 같이 리딩방이나 좀 둘러볼래?"

고개를 갸웃거리는 유미연.

"리딩방? 그거 사기잖아요."

"에이, 사기는 무슨! 너, 이스트아시아 센트럴 인베스트먼트라고 들어 봤어? 그 회사에서 만든 리딩방이라고, 이게!"

"딱 들어도 사기꾼 냄새가 풀풀 나는구만, 뭔 센트럴?"

"에라이, 인마! 됐다, 귀신이랑 주식 얘기를 하는 내가 붕신이지!"

"뭐예요?!"

"그럼 우린 간다! 흐으으으으!"

선배들은 처녀귀신 흉내를 내며 끝까지 유미연을 놀리면서 퇴장했다.

이윽고 홀로 남은 그녀는 다시 의자에 기대어 천장을 바라보며 시간을 죽였다.

그러다가 방금 전에 들은 리딩방 얘기가 떠올랐다.

"저 인간들이 아무리 주식에 미쳐 있어도 그렇지, 리딩방에 속아 넘어가? 그러고도 기자인가?"

한심하긴 해도 선배들이 저렇게 얘기하니 리딩방에 대한 호기심이 동한다.

인터넷을 연결해서 리딩방에 대해 검색해 보았다.


[…10억을 뜯겼어요! 심각한 리딩방 사기…]
[검찰, 드디어 리딩방에 대한 정식수사 착수…]


인터넷에는 물론이고 사내 자료실에도 리딩방은 사기라는 것이 전반적인 의견이었다.

그럼 도대체 리딩방을 운영한다는 이스트아시아 센트럴

이라는 회사는 뭐 하는 회사일까?

그녀는 이 회사에 대해 알아보기로 했다.

[이스트아시아 센트럴 인베스트먼트, 올해의 투자상 수상…]

[…자카르타 1조 원 투자유치, GP로서의 능력을 유감없이 발휘하다!]

"…음?"

제법 생각보다 뼈대가 있는 회사인 것 같다는 느낌이 든다.

도대체 왜 이런 회사에서 리딩방을 운영한다는 것일까?

투자사기가 판을 치는 요즘, 하필이면 유명 회사의 이름을 빌려 리딩방을 만든다는 것이, 어쩐지 좀 냄새가 났다.

바로 그때, 그녀의 스마트폰이 울렸다.

지이이이잉!

[이상한 제보자 : 잠깐 통화 가능하십니까?]

"헛! 왔다! 아, 어쩌지?! 진정, 진정!"

너무 놀라서 하마터면 폰을 놓칠 뻔했다.

스마트폰을 쥔 채 심호흡을 하는 그녀.

"…후유! 그래, 할 수 있어!"

유미연은 그에게 답장을 했다.


[나 : 네, 물론이죠]

[이상한 제보자 : 그럼 보이스챗 걸겠습니다]


딴다다단!

메신저 영상통화가 걸려 왔고, 양유진은 너무 갑작스러운 마음에 발을 동동 굴렸다.

"어, 어어…! 이걸 어쩌지?!"

보이스챗이 아니라 영상통화라 당황스럽긴 했지만, 너무 머뭇거리면 끊을까 봐 그녀는 잽싸게 전화를 받았다.

이윽고 어두운 화면에 흐릿한 남성의 실루엣이 보이는 것 같았다.

–여보세요?

"생각보다는 잘생긴 것 같은……."

실루엣이 미남이라서 자신도 모르게 나와 버린 말이었다.

–네? 뭐라고요?

"아, 아닙니다!"

목소리는 하이톤의 변조처리가 되어 있어서 잘은 모르겠으나 말투는 상당히 젠틀해 보였다.

–용건만 간단히 하죠. 지난번 수산물 카르텔 기억하시
죠? 그 사건과 관련해서 기업의 공금을 횡령해서 불법투자
를 자행한 일당들이 있습니다. 그들을 잡아서 경찰서에 처
넣으려고 해요.

"…공금횡령? 로웰이 공금까지 횡령했었나요?"

–뭐요? 로웰?!

깜짝 놀라는 의문의 제보자의 반응을 보아하니 아무래도
로웰 투자신탁에 대해 아무것도 모르는 모양이다.

"로웰 투자신탁이 다단계 사기를 쳐서 모은 4천억 상당
을 의문의 단체에 보냈고, 그것이 수산물 카르텔 조직에 동
원되었다는 사실이 밝혀졌어요. 그래서 관련자들이 검찰에
서 조사를 받은 거고요. 그쪽 펀드매니저 중 한 명이 적색
수배까지 받은 것으로 아주 시끌벅적했잖아요?"

–…그걸 어떻게 알았습니까?

"신문기사에만 안 나왔을 뿐이지, 이미 이쪽 바닥에서는
유명한 얘기인데?"

–음…….

이 바닥에서 잔뼈가 굵은 줄 알았더니 그건 또 아닌 모양
이었다.

철두철미한 것 같으면서도 어딘지 허당기가 있는 것이,
어디선가 본 것 같은 느낌도 든다.

"저기요, 우리 어디서 본 적 있지 않아요?"

-…아니요, 초면인데요.

"이상한데…. 왜 이렇게 익숙한 것 같지?"

-아무튼 간에 중요한 건 그게 아니고요. 이 사건이 여기서 끝이 아니라는 점입니다. 어쩌면 조금 더 깊은 사건과 연관이 되어 있을지도 몰라요.

"오!"

역시 의문의 제보자는 실망시키는 법이 없다.

-내가 자료를 보내 줄게요. 그걸 대서특필해서 널리 퍼트려 주세요. 다만 범인을 특정하는 듯한 뉘앙스를 좀 풍겨 주셔야겠습니다.

"범인이 누구인데요?"

-그건 자료에 나와 있을 겁니다. 그렇게 해 주실 수 있나요?

"자료만 확실하다면 당연히 해 드려야죠! 그런데 이번에 선생님의 조건은 뭔가요?"

-로웰… 과 관련된 자료들을 최대한 타이트하게 모아서 보내 주십시오.

"알겠어요. 이따가 회사로 들어가면 당장 보내 드릴게요!"

전화를 끊은 유미연은 절치부심했다.

이번 사건, 절대 놓치지 않겠다고 말이다.

제3장
**연결고리**

유미연이 보내 준 로웰 투자신탁 관련 자료는 가히 충격적이었다.

퇴근길 지하철에 앉은 한결의 표정이 글을 읽으면 읽을수록 딱딱하게 굳어져 갔다.

[이른바 피라미드 형식의 폰지사기를 지향한다는 로웰 투자신탁은 주로 서민들을 상대로 사기를 쳐 왔지만, 이번에는 엘리트 집단들의 뒤통수를 노린, '부르주아 전략'을 이용해서 황금알을 낳았다는 것이었다…]

[…한데 충격적인 것은, 이 돈을 조직적으로 굴려서 2차 범죄에 사용했다는 점인데, INE가 수산물 카르텔을 조직했으니 이 둘은 한 팀이라는 게 밝혀진 셈이었다…]

'아저씨도 로웰이 그런 놈들인지 알고 있었어요?'

―…아니, 금시초문이야. 로웰이라는 듣보잡이 있는 줄
도 몰랐는데, 뭐.

'아참, 그나저나 아까 그 얘기나 좀 해 줘요, INE에 대해
서.'

―아, 그거? 흠…… 일단 웹하드에 들어가 봐. 그리고 오
태진이라고 검색해 봐.

한결은 차상식의 보물창고인 웹하드에 접속했다. 그리곤
차상식이 시키는 대로 검색했다.


[수원지검 오태진 사건…]

[…수요공급의 맹점을 파고드는 교묘한 사기수법으로 수
백억의 이익을 편취한 일당이 2015년 8월 5일에 수원지검
을 통해 붙잡혔음…]

[일당 중 자금의 중간 공급책이었던 오태진은 가격담합
후 주가조작 및 선물옵션 등의 매매로 이득을 챙겨 왔다며
실토했음…]

[…검찰조사를 받던 도중 오태진은 아파트 15층에서 떨
어져 죽은 채로 발견되었음…]


여러모로 공통점이 많은 사건이었다.

'예전에도 지금과 비슷한 사건이 있었네요? 아저씨는 이

런 자료를 어디서 얻은 거예요?'

-세력주를 분해하면 반드시 내부고발자가 나오게 되어 있어. 내가 수산물 카르텔을 박살 낸 적이 있다고 했지? 이것도 그때 나온 거야. 나 참, 설마하니 그때 얻은 자료를 활용하게 될 날이 올 줄은 진짜 생각도 못 했다.

'그렇다면 말이에요. IX인터와 관련된 투자기획이 결국에는 INE, 로웰과도 연관되어 있었던 거네요?'

-발등에 불똥 떨어진 IX인터야 INE입장에선 너무나도 좋은 먹잇감이었겠지.

'씁쓸하네요.'

한결은 이렇게 또 하나의 교훈을 배웠다.

-어쨌거나 이제 종목선택의 시간이 왔어.

'음! 어떻게 할까요?'

-자, 그럼 여기서 하나 더 배워 보자. 비즈니스에서도 탑다운과 바텀업 전략을 구사해. 그 중간지점을 미들 업다운(Middle up-Down)이라고 하지.

'아! 탑다운과 바텀업의 단점을 보완한 전략 말이죠?'

-그래, 실무관리 중심의 중간관리자에게 힘을 실어 주는 실리주의 관리법이지. 이걸 주식에도 적용해 볼 수 있지.

'그래요?'

-회사의 관리 주체를 움직여서 스스로 호재를 만들고 실적상승, 주가상승으로까지 이어질 수 있는 투자법이야. 내

가 주로 바이아웃에서 많이 쓰던 방법이지.

'뭔가 알 것도 같은데…….'

ㅡ미들 업다운은 일단 회사 자체의 평가는 압도적으로 높지만, 아직 그 폭발력이 수면 위로 드러나지 않은 히든 블루칩에만 적용이 가능해. 그 종목을 찾아낼 수 있겠어?

한결은 고개를 끄덕였다.

'당연하죠. 수출입 관리부에서 준 자료만 해도 얼마인데?'

한결은 가지고 있는 자료들을 천천히 정독했다.

이미 건설시장 호황이라는 대전제가 깔린 상태이기에 집중만 잘한다면 종목 선택은 그리 어렵지 않을 것이었다.

'으음…….'

한결의 눈에 스치는 숫자들이 하나의 선을 이뤘고, 그것이 모여서 비로소 한 폭의 그림이 그려졌다.

'…한국에서의 판매율은 거의 바닥인데, 유럽 쪽에서 이미 입소문을 타면서 매출규모 100억을 찍은 회사가 보이네요.'

ㅡ그래서, 그 기업 이름이 뭔데?

'백설 파인세라믹이요.'

차상식은 미묘한 웃음을 지었다.

ㅡ아직 웹하드 열려 있지? 검색창에 파인세라믹이라고 쳐 봐.

'아이템 투척을 흔쾌히? 내가 얻은 아이템이 나쁘지 않나 봐요?'

한결은 차상식이 시키는 대로 웹하드에 파인세라믹이라는 글귀를 넣었다.

그러자 24개의 파일이 검색되었다.

―그중에서 한국이라고 적힌 파일을 열어 봐. 그럼 네게 도움이 되는 자료가 나올 거야.

'그나저나 기다렸다는 듯이 정보가 나오네? 혹시 아저씨는 파인세라믹이 뜰 거라는 사실을 알고 있었어요?'

―이 돌탱아, 건설이 뜨면 뭐가 뜨겠냐? 당연히 건물 안에 들어갈 게 뜨겠지. 그래서 죽기 전에 미리 모아 놨었어.

'아? 그럼 생전에 건설업계가 뜰 것이라는 걸 알았다고요?'

―사람 생각하는 건 다 똑같아. 다만 내가 자료수집의 규모가 더 크고 한 발자국 앞섰다 뿐이지.

'헤에? 이상하게 자뻑하는 느낌?'

―자뻑이라니! 선견지명(先見之明), 인마!

파일을 열어 보니 최근 세라믹 제품의 동향이 기록되어 있고, 그중에 압도적으로 많은 비율을 차지하는 것이 바로 건설부문이었다.

특히나 동남아시아에서 사용되는 위생도기의 비중은 한국산이 압도적으로 높은 편이었다.

'동남아시장에 건설붐이 일면서 한국의 세라믹이 많이 팔려 나가고 있네요!'

–이 타이밍에 타일과 위생도기라는 타이틀을 잡아낸 것은 아주 뛰어난 감각이라고 할 수 있지. 짜식이 제법 감이 좋은데?

'그냥 뭐, 흘러가는 대로 따라가다 보니 어느새 이렇게 되었다고나 할까요?'

–아무튼, 그럼 이제 넌 뭘 해야겠냐?

'당연히 FM대로 해야죠.'

한결은 자료검증을 위해 김유철에게 메시지를 보내기 시작했다.

§ § §

늦은 밤까지 회사에 남아서 자료를 정리하는 김유철은 정신이 없었다.

[···공정위 조사자료 보고서]

최근 공정위에서 금융가를 들쑤시고 다니는 바람에 일이 너무 많아졌다.

한동안 업무에 몰두해 있던 김유철은 동료들이 보낸 인

기척에 고개를 들었다.

똑똑.

"담배 한 대 피우고 하지?"

"……뭐, 그럼 그럴까?"

동기들 중에 가장 먼저 과장으로 진급한 김유철은 이번 인사고과에서도 꽤나 좋은 평점을 받았다.

요즘 들어 잘나가는 김유철을 보며 동료들은 하나같이 부러워했다.

"도대체 비결이 뭐야? 갑자기 혼자 그렇게 잘나가는 데에는 다 이유가 있을 거 아니야."

"비결이랄 게 뭐 있나. 긍정적인 마인드?"

"…우웩! 너무 상투적이라서 신물이 다 올라오려고 하네."

동기들은 부러움에 비아냥을 쏟아 내지만 김유철은 상관하지 않았다.

일이 어떻게 돌아가든 간에 이 회사에서 잘리지만 않으면 평생 놀고먹을 수 있는 돈을 버는 건 아무런 문제가 없기 때문이다.

'흐흐…… 너희들이 뭘 알겠냐? 내가 어떤 줄을 잡았는지도 모르면서!'

김유철은 미소와 함께 담배를 꼬나물었다.

그런 그에게 동료들은 옆구리를 쿡쿡 찌르며 말했다.

"김 과장, 요즘 이거 핫하던데, 봤어?"

"핫해? 뭐가?"

"리딩방 말이야! 이스트아시아 센트럴이라고, 아주 족집게가 따로 없다니까?"

"요즘 공정위에서 칼질하고 다닌다는 소리 못 들었어? 그래서 야근까지 하는 마당에 아직도 주식을 만져?"

"…뭐래는 거야? 우리가 언제부터 그런 걸 신경 썼다고? 아무튼 봐봐! 대단하다니까?"

동료들이 보여 준 리딩방이라는 것은 코인에 전 재산을 꼬라박아 본 김유철에게도 상당히 익숙한 존재였다.

다 죽어 가는 주가도 반등시킬 정도로 화력이 좋은 세력으로도 알려져 있으나, 거의 90% 이상이 사기라는 게 문제였다.

"요즘에는 뭘 그렇게 펌프질한대?"

"에이, 펌프질이라니! 뭔 말을 그렇게 심하게 하냐?! 우리 형들이 지금 얼마나 힘내고 있는데! 자, 이거 봐!"

동료들이 보여 준 것은 1년 만에 주가가 600% 이상 오른 대박 급등주였다.

김유철은 황당함에 실소를 흘렸다.

"이게 말이 된다고 생각하냐? 너희들, 여기에 얼마 꼬라박았어?"

"4층에서 3억 정도 태웠으니까… 한 3천 정도 땡겼나?"

시작은 만 원도 안 했던 주식이 지금은 4만 원이 넘는다. 심지어 이제 곧 5만 원대에 진입할 것으로 보인다.

리딩방에서는 주식의 노예가 된 사람들이 서로 주가를 올려주자며 어깨동무를 하고 난리도 아니었다.

"그러니까, 너는 저 형들을 믿고 3억을 담갔다는 거잖아?"

"그치! 이 얼마나 끈끈한 우정이냐?!"

"지금이라도 빼라. 그러다가 패가망신한다."

순간 네 명의 동료들은 김유철을 죽일 듯이 노려보았다.

"…빼? 이 새끼가 돌았나? 남의 장사 망칠 생각하지 말고 네 앞가림이나 잘해! 어디 코인판이나 기웃거리는 주제에!"

김유철은 두려움을 느꼈다.

자신도 저런 투기판에 미쳐서 눈이 돌아갔던 것을 생각하면 오금이 저려 오는 것이었다.

어쩌면 몇 달 전 자신의 모습일는지도 몰랐다.

'미쳤군. 인생이 나락에 떨어지는 줄도 모르고 진창에서 허우적대고 있다니!'

아무래도 이제 동기들이랑은 친하게 지내지 못할 것 같다.

지이이잉!

마침 그때쯤 메시지가 왔다.

[마이 캡틴! : 일 하나만 해 줘]


'그래, 이게 바로 내 인생 지표지!'

다른 건 필요 없다.

이 줄만 잡고 있다면 절대 인생 망가질 일은 없다는 확신
이 팍팍 온다.

§ § §


이른 아침, 한결은 지하철을 타고 출근길에 올랐다. 그리
고 그런 그의 옆에 앉은 김유철은 한결에게 몇 장의 서류가
담긴 노란색 봉투를 건네주었다.

"대장이 말했던 거!"

"…조용히 해, 공공장소야."

"헙!"

그 싸가지 김유철의 모습은 요즘 도무지 찾아볼 수가 없
다. 원래 이렇게 허당이었나 싶을 정도였다.

"아무튼 간에 잘 알아본 거지?"

"물론이지. 알아보니까 제법 괜찮은 회사 같기는 하더
라. 그런데 아직 상장도 안 했더라고."

"그래서 넌 투자 안 했다, 이거잖아?"

"헤헤, 뭐 그렇지!"

김유철은 한결이 굳이 투자하라고 추천하는 종목이 아니면 이제 돈을 움직이지도 않는다. 완벽한 믿음과 신뢰, 그런 것이 생긴 것이다.

"오늘은 종목에 대한 얘기를 안 하네?"

"뭐… 이 정도야 친구끼리 그냥 해 줄 수도 있지!"

"요즘 지갑이 뚱뚱한 건 아니고?"

"그게 아니야. 사실은 말이지……."

"사실은?"

주변을 두리번거린 유철은 한결의 귀에 대고 작게 속삭였다.

"공정위가 요즘 금융사들을 족치고 다닌다고 난리야. 뭐라더라, 투자사기 때문에 주변이 흉흉하다고 했던가?"

"그래?"

"그래서 우리 쪽에서 일하는 사람들이 주식계좌를 전부 청산하고 있잖아."

오늘 아침 신문에 투자사기에 대한 기사가 대문짝만하게 실렸고, IX인터는 집중조명을 받고 있었다. 하나 조명 너머로 칼을 들고 다니면서 이곳저곳을 쑤시는 공정위가 있는 것이었다.

─공정위까지 떴으면 게임은 끝났네!

'일이 생각보다 더 쉽게 끝나겠는데요? 아무리 깡다구가 좋은 놈이래도 공정위까지 뜬 마당에 주범이 나 여기 있소,

하고 나타나지는 않을 거 아니에요?'

－흠! 이 정도면 투자기획 주도권 가져오는 근거로도 나쁘지 않겠어.

'아! 그건 확실히 그렇네요. 공정위까지 뜬 마당에 부실기획을 언제까지 끌고 갈 수도 없는 노릇이고!'

－아마 황소대가리도 이 선에서 깔끔하게 마무리되지 않을까 싶은데?

한결은 서류를 가방 안에 잘 갈무리했다.

딩동!

그때쯤 신문사 어플 알람이 울렸다.


[…카르텔, 그 끝은 어디인가? 신종 주가조작 사기가 판치는 현장을 가다!]

[…익명의 제보자에 의하면, 모 종합상사에서 벌어진 신종 무역사기는 투자기획담당자의 대담한 사기수법에 의해 자행되었으며, 그 과정에서 물경 600억이 넘는 손해가 발생한 것으로…]


신문사 헤드라인을 장식한 유미연의 기사가 보인다.

'떴네? 이번에도 대서특필인데요?'

－이야, 떡밥을 아주 야무지게 살려 주네! 야, 재랑은 뭐 썸싱 없었냐?

'…아오! 이 아저씨는 진짜 틈만 나면 썸 타령이네.'

─큭큭! 하긴 모쏠이 뭘 알겠냐?

'아니라고요, 모쏠!'


§　§　§


임 상무의 집무실로 불려 간 한결과 이명선은 임 상무에게서 취조 아닌 취조를 받았다.

"INE라는 회사, 로웰이라는 회사. 둘 다 들어 봤지?"

"로웰은 지난번 강 차장 사건 때문에 들어서 알고 있습니다만."

"그래? 그럼 잘 들어. 이후로는 알아도 몰라야 해. 지금 경찰에서는 정민호를 주범으로 보고 수사하고 있거든. 행여나 INE에 대해서 자네들이 일말의 정보라도 알고 있다는 소식이 들리면 아주 벌떼처럼 달려들 거야. 그렇게 되면? 당연히 공정위도 우리 쪽으로 눈을 돌릴 테고."

신문에 대서특필된 사안에 대해서 임 상무는 누구보다 빠르게 조치를 하고 기민하게 움직였다.

덕분에 그동안 출자되었던 부실투자금융에 대해서는 빠른 회수조치가 이뤄졌다.

물론 이제부터는 새로운 투자기획이 이뤄질 것이었다.

"아참, 얘기 들었어. 수출입 본부 황문식 부장이 자네랑

협업을 하고 싶다고? 그래서 일단 보류는 해 두었는데 말이야. 어때, 괜찮겠어?"

"아무래도 사안이 사안이다 보니 그냥은 어렵겠고, 우리에게 특별히 도움이 될 만한 조항들을 좀 만들어 놓았으면 합니다만."

"안 그래도 수출입 본부장이 나한테 그러더라고. 앞으로 투자기획 단계의 금융운용 및 리스크 관리는 자네가 알아서 했으면 좋겠다고 말이야. 앞선 사안이 워낙 심각했잖냐?"

"으음……."

"우리 회사에 FRM을 가진 사람은 재무이사 말고는 자네밖엔 없거든. 심지어 CPA를 동시에 가진 사람도 자네 말고는 가진 사람이 없어. 알고 있어?"

"어? 재무이사님도 CPA 출신이 아니었나요?"

"그 친구는 FRM 쪽에서 일하던 사람이라서 CPA가 없지."

그야말로 한결은 이 회사에서 거의 유밀무이한 스펙의 소유자였다. 그래서 그런지 대우 자체가 아예 남달랐다.

이 정도 스펙이 되고 나니 차상식이 왜 그렇게 스펙 운운했던 것인지 알 것도 같았다.

─봤냐? 이게 바로 스펙의 힘이라는 거야. 사안이 커질수록 고스펙을 가진 사람을 찾게 되어 있거든.

'진짜 좋기는 하네요.'

−지금 네 스펙이면 CFA까지도 생각해 볼 수 있어. 만약 이직을 한다거나 사모펀드를 창립한다고 가정했을 때, CFA까지 있으면 아주 좋겠지? 포트폴리오 매니저를 하든 애널리스트를 하든, 바이 사이드에 있든 셀 사이드에 있든 간에 일단 CFA가 있으면 좋아. 거의 필수적이라 할 수 있지.

'스펙…… 기억할게요. 내년에 응시해 봐야겠어요!'

대우가 달라지니 한결은 더욱 일할 맛이 났다.

"아무튼 간에 자네가 리스크까지 관리하게 된다면 부담은 더 커지겠지만, 확실히 투자기획 일은 훨씬 더 쉬워질 거야. 권한도 더 커질 거고."

"그럼 우리 부서에도 도움이 되겠군요?"

"물론이지! 그럼 어떻게, 나랑 같이 수출입 본부로 가서 확실하게 담판을 짓고 올까?"

분위기가 완전히 한결에게 넘어왔다.

이제는 수저가 문제가 아니라 황 부장이 한결의 밥상까지 다 차려야 할 판이다.

−큭큭! 황 뭐시기가 아주 황새가 되어 버렸네? 밥상 차리는 황새 말이야!

'이제는 장금이라고 불러야 하나?'

−황장금! 괜찮네! 큭큭큭!

황문식의 당황하는 얼굴이 벌써부터 눈에 선하다.

"그 전에 말씀드릴 것이 있습니다!"

"음? 뭔데?"

"원자재 투자기획을 전면 재검토했으면 합니다!"

임 상무는 깊은 신음을 흘렸다.

"흐음……."

"지금 재검토하지 않는다면 두 번 다시는 기회가 없을 겁니다."

"하긴 전무님께서 칼을 뽑아 들었을 때 밀어붙이는 게 상책이긴 해."

한결이 던진 바이오디젤이라는 떡밥은 효과가 상당히 좋았다.

구조조정본부장까지 단단히 마음먹게 만들 정도였으니 말이다.

-임팩트가 조금 약하긴 했어도 바이럴이 통하긴 한 것 같네.

'전무이사까지 흔들 정도였다니……. 사실 이 정도까지 기대한 건 아니었는데, 잘됐네요!'

-이제 여기서 한 가지 더 배워야 할 것이 있어. 바이럴의 흐름을 내 쪽으로 끌어오는 거야.

'흐름을 내 쪽으로 끌어온다? 그게 가능해요?'

-그러라고 내가 떡밥을 던지라고 한 거 아니냐. 만약 그

게 아니었다면 군이 귀한 정보를 IX인터 따위에게 풀어 놓지는 않았을 거야.

'그럼 아저씨는 애초에 흐름을 탈 것까지 계산하고 떡밥을 푼 거였네요?'

—당연하지.

'와! 수가 진짜 능수능란하긴 하네요.'

—이젠 이걸 네가 배워야 할 차례야.

한결은 차상식을 따라잡으려면 한참은 멀었다는 생각이 절로 들었다.

'아무튼, 그래서 흐름은 어떻게 끌고 와야 하는 거예요?'

—간단해. 네게 필요한 인간들이 누구인지, 그놈들이 원하는 것이 무엇인지 생각해 봐. 그리고 놈들이 원하는 걸 던져 줘. 그럼 알아서 흐름이 바뀌게 될 거야.

§ § §

투자기획조정이 시작되었다.

조정을 제기했던 황문식은 그야말로 '짬통'이 되어 버렸다.

"…우리는 무역영업에 대한 아이템을 수집하고 기획안을 작성하는 데 필요한 금융정보를 제공하는 역할을 하게 된다는 겁니까?"

"그렇다고 볼 수 있지. 그렇게 해서 기획안이 완성되면 자네들이 기획심사를 진행하고, 투자고문회의에서 투자를 승인하면 수출입무역이 시작되는 거지. 어때? 꽤나 짜임새 있지?"

"그… 아닙니다……."

"짜임새가 없다고?"

"아, 아니요! 그런 뜻이 아니라……."

황문식은 너무 크게 당황한 나머지 아까부터 횡설수설하기까지 했다.

두 명의 본부장이 한결에게 거의 모든 권한을 밀어주니 황문식이 먹을 것이라곤 수출입무역의 실적뿐이었다.

'요즘 이곳저곳에서 무역클레임 때문에 죽을 맛이라던데, 일복이 터졌네요!'

-큭큭! 사람이 마음을 착하게 먹어야지 말이야. 꼴좋네! 저 봐라! 인간이 천지 분간 못 하고 깝치면 저렇게 되는 거야!

'어휴! 속이 다 시원하네!'

안 그래도 중국이 가짜 부품을 쏟아 내는 바람에 무역클레임이 빈번하게 발생하고 있었는데 투자심사 업무마저 떠안으면 거의 죽을 지경일 것이었다.

차상식이 기뻐하자 한결은 이전보다 감의 날이 더욱 예

리해지고 있다는 것이 느껴졌다.

그러자 얼마 전 황문식이 가져다주었던 수출기획 중에서 좋은 아이템들이 머릿속 리스트를 뚫고 나오기 시작했다.

"자, 그럼 조정 이후 첫 번째 투자기획에 대해 들어 보고 자리를 파하도록 하지. 신 과장, 섬유랑 원자재를 대신할 투자기획 잡힌 게 있나?"

"아직 밑그림 단계이긴 합니다만 네 분야로 나뉠 수 있겠습니다."

"벌써?"

조정 시안을 받고 우거지상을 하고 있던 황문식은 물론이고 회의에 참여한 두 명의 본부장까지 깜짝 놀라며 한결에게 집중했다.

'그럼 여기서 떡밥을 투척해 볼까요?'

─타이밍 괜찮네. 그럼 우리 콘크리트 씨의 실력을 한번 감상해 볼까?

요즘 차상식이 한결에게 느끼는 감정은 '재미'와 '감상'이었다.

한결의 성장을 감상하는 것만큼 차상식의 재미를 끌어내는 것도 없다는 것이다.

한결은 자리에서 일어나 회의실 벽에 붙어 있던 통유리 창에 흰색 보드마커로 '실리콘, 플라스틱, 바닥재, 새시'라는 글귀들을 적어 내려 갔다.

그동안 한결이 시장분석을 하면서 얻은 것들을 적당히 버무려 낸 것이었다.

"블룸버그 통신과 월스트리트 저널에서 밝히길, FED(연방준비의회)에서는 인플레이션 하방압력이 만족할 수준은 절대 아니라고 규정했고, 투자시장에서는 시장 조성자들이 다소 회의적인 모습이어서 직접적인 개입은 없을 것으로 보인다고 했습니다. 고로 미국 내 기업들도 실적을 올리기 위해 고군분투할 때가 되었다는 뜻입니다."

한결은 FED에 대한 월가의 의견을 누구보다 빠르게 종합한 뒤, 인플레이션 압력 상승을 막기 위한 그들의 행동과 맞물려 기획안을 짜냈다.

그 결과가 바로 규소와 플라스틱 관련 건자재의 가격상승이다.

"음…… 조금 더 쉽게 얘기해 봐."

"간단하게 얘기하자면, 달러화가 비싸지니까 월가로 다시 돈이 몰린다는 뜻입니다. 고로 그 모여드는 돈을 낚아채기 위해서라도 실적을 올리려 회사들이 혈안이 될 것이라는 겁니다."

"…흐음?"

"달러화가 올라갔으므로 원유 가격은 더 내려갈 것이고, 결국엔 미국 내 원료 회사들의 실적은 가파르게 상승하겠지요. 그러면 투자금은 더욱 몰리게 될 것이고, 원료 회사들은 더욱 높은 실적에 집착하게 될 겁니다. 그렇다면 이 타이밍에 가장 큰 수혜를 입는 것은 한국의 건자재 생산업자들이겠지요."

"석유 가격이 싸지니까 원료 생산단가는 싸지는데, 동남아시아 건설시장에는 빌딩붐이 일어 수요가 높아지니까 미국 놈들 수지도 엄청나게 상승하겠군!"

"바로 그게 핵심입니다. 수요와 공급, 그 중간의 선을 미묘하게 건드려 주는 거죠!"

한결이 여기까지 기획을 발표하자 황문식의 입이 떡 벌어지고 말았다.

만약 한결이 설계한 대로 별다른 변수 없이 기획이 잘 풀려 나갈 경우, 황문식은 입사 이래 처음으로 유일무이한 실적을 올리게 될 것이다.

"그… 신 과장?"

"네, 부장님!"

"기획자료 말이야, 언제까지 가져다주면 되는 거야?"

"자료요?"

"투자처 금융자료 말이야! 자네가 원하는 날짜에 가져다줄게! 대가리가 두 쪽이 나더라도!"

-큭큭! 이쪽에도 열렬한 광신도가 한 명 탄생했네?

지금은 경기가 하향곡선을 그리고 있고, IX인터의 재정 상황도 예전 같지는 않았다.

한데 한결은 그 하향곡선에서 금광을 찾아냈다.

그야말로 출세가도를 열어 줄 황금오리였다. 황문식의 입장에서 한결은 머슴 노릇을 해서라도 줄을 대야 하는 인재였다.

"일단··· 건설시장에 내외장재를 조달하는 영업전략을 구상하는 것이 첫 번째입니다. 그다음으로 그 전략에 맞춘 기획을 짜서 여러 방면으로 검토를 하는 것이 중요하겠지요!"

"알겠어! 일단 그것부터 할게! 딱 일주일만 기다려! 본부장님들, 그럼 저는 먼저 일어나겠습니다!"

"어······ 그래, 가 봐."

황 부장은 마치 열정 넘치는 신입사원의 자세로 다시 돌아갔다.

'이 정도면 내게 유리한 흐름이 되었을까요?'

―뭐··· 나쁘지 않아. 이 정도면 70점!

'에이, 점수가 짜네!'

―정진해라, 이놈아~.

'그런데 감점요인이 뭔지는 알려 줘야지요.'

―황소대가리를 이렇게까지 맹목적으로 만들면 언젠가 뒤통수를 맞기 딱 좋아. 내가 저번에 지적하려다가 말았던 게 바로 이거야. 추진력이 뛰어난 건 좋은데, 과속하는 건 그다지 좋지 않아. 너는 과속을 하지 않는다고 해도 황소대

가리는 다르잖아?

'아! 흐름을 조절할 장치가 있어야 한다?'

—그래, 바로 그거야. 브레이크를 걸어 줄 수 있는 장치.

'아하!'

역시 배움에는 끝이 없다.

—아무튼 했어. 이제부터는 흐름대로 따라서 차근차근 일을 처리해 보자고.

§ § §

재무이사 최강일은 원자재 투자기획조정 시안이라는 보고서를 받았다.

"…재검토?"

"그 신 과장이라는 놈이 아주 스타가 되어 버린 것 같습니다. 전무님께서도 예뻐하신다는 소문이 있다던데, 백이 아주 든든해졌습니다."

"으음……."

상무이사 임석명과 차기 전무 자리를 두고 치열한 경합을 벌였던 최강일은 투자본부를 변방으로 보내 버리고 승승장구하는 중이었다.

마치 체스를 두듯 하나씩 임석명의 최측근들을 먹어 치우고 있었기에 승리를 믿어 의심치 않았다.

그런 상황에서 생각지도 못했던 복병이 나타난 것이다.

바로 신한결 과장이었다.

"크기 전에 미리 쳐냈어야 했는데… 제 불찰입니다."

"…아니야, 임 전무 그 빡대가리한테도 한 방이 있었던 거지. 일개 사원이 HMN의 투자금 회수 압박을 쳐낸 것으로도 모자라서 쓸모없는 자원개발부까지 한 방에 날려 버린 것만 봐도 알 수 있지 않아? 우리가 미리 알았더라도 어쩔 도리는 없었다는 거지."

"그럼 저 과장 나부랭이가 임 전무의 최종병기였단 말입니까? 순혈 정통도 아니고, 특채 따위가 감히 그런 일을……."

"완전히 당했어. 변방의 쓰레기 천출을 누가 신경이나 썼겠어? 그동안 임 전무 그 여우 같은 놈이 조커를 꼭꼭 숨겨 놓았던 거지."

"아!"

"하지만 뭐, 우리한테도 수가 아주 없는 건 아니지."

최강일은 회심의 미소를 지었다.

"적당한 선수 하나 빼내서 신 과장에게 던져."

"과장급이면 적당할까요?"

"음…… 뭐, 나쁘지 않겠군."

제4장
장외투자

드디어 한결의 첫 장외시장 투자가 시작되었다.

하루 휴가를 낸 한결은 백설 파인세라믹 생산공장이 위치한 경기도 가평으로 향했다. 가평으로 가는 길에 한결은 '설비의 모든 것'이라는 책을 펼쳤다.

-저번에도 설비는 공부하지 않았었나?

'그래도 공장을 견학하러 가는데 복습 정도는 해야 하지 않을까요?'

한결은 회사에서 투자 시찰을 나갈 때에도 대상에 대한 정보를 어느 정도 인지한 후에 움직인다. 그게 옳다고 생각했기 때문이다.

터미널에서 버스를 두 번이나 갈아타고 도착한 곳은 한적한 시골의 공장이었다.

[백설 세라믹 가평 공장]
[3번 조 근무 중]

'3교대로 빡세게 돌아가는 모양인데요?'

─동남아에서 주문은 들어올 텐데 물량은 달리고, 아마 3교대로 밤새 일을 해도 물량 맞추기가 어려울 거야.

'…투자 후보를 제대로 잡은 것 같은데요?'

─어쩐지 대박의 냄새가 난다. 그치?!

투자자에게 있어 공장이 바쁘게 돌아가는 것만큼 좋은 호재도 없다.

아무래도 한결의 촉이 대박을 감지해 낸 것이 틀림없어 보인다.

한결이 백설 파인세라믹 공장 앞을 기웃거리자 작업복을 입은 중년의 남성이 한결에게로 다가왔다.

"무슨 일이시죠?"

"아… 그……."

"용무가 있으시면 사장실로 올라가시지요."

한결은 뭐라고 말할까 잠시 생각하다가 그냥 있는 그대로 솔직히 털어놓기로 했다.

"저기, 이메일로 문의를 했습니다만, 귀사에 투자를 하고 싶어서 회사의 재무사정이라든지 생산력을 직접 눈으로 확인해 보고 있었습니다!"

"아? 아! 그분이시구나."

중년은 빙그레 미소를 짓더니 한결에게 악수를 청했다.

"반가워요! 백설 파인세라믹의 대표이사 백인수입니다."

"…아! 대표님이셨구나! 그런데 대표님께서 작업장에 계세요?"

"제가 공장설비를 가장 잘 알기도 하고, 제 동생인 공장장이 어제 과로로 쓰러지는 바람에… 뭐, 겸사겸사 교대근무를 뛰고 있지요."

열정이 넘치는 사장이다. 이런 열정을 가슴속에 품고 있다면 사업은 절대 망하지 않을 것이다.

백인수는 투자자가 찾아왔다는 기쁨에 잠시 일손을 놓고 견학을 시켜 주었다.

"공장을 한번 둘러보시죠! 저희가 규모는 작아도 내구성이라든지 디자인이라든지, 상품의 품질에 대해서는 대기업과 비교해도 뒤처지지 않는다고 자부합니다!"

공장은 상당히 짜임새 있게 돌아가고 있었다.

생산 파트와 검수 파트, 포장과 적재까지 전문가들로 구성되어 있었고 다들 손발이 척척 잘 맞는 모양인지 인상을 찌푸리는 사람은 한 명도 없었다.

더군다나 공장설비들이 상당히 특이해 보였다.

"컨베이어벨트부터 리프팅 기계까지 전부 처음 보는 설비들이네요?"

"어, 설비에 대해서 잘 아십니까?"

"자세히는 모르고, 아주 조금? 투자를 공부하면서 설비도 틈틈이 익혔거든요."

백인수의 표정에 약간의 변화가 생겼다.

아까는 공장에 대한 자부심으로 가득차 보였다면, 지금은 자신을 알아주는 사람을 만난 기쁨에 상기되어 있었다.

"투자를 공부하는데 설비를 익힌다…. 우리 회사에 투자하는 사람들은 장외시장에 변칙성 투자를 즐기는 투기꾼들이 많습니다. 다들 철새들이고, 주가가 떨어지면 바로 손절하기 바쁘죠. 그들은 우리 도기생산업에 대한 지식도 없고 관심도 없습니다. 그런데… 선생님은 뭔가 다르군요!"

"그, 그렇게 대단한 것은 아니고요. 그냥 수박 겉핥기식으로 몇 자 본 것이 다입니다."

한결은 부끄럽다는 듯 얼버무렸다.

하지만 백인수는 그런 한결의 손을 덥석 잡았다.

"가시죠! 저희 회사의 모든 것을 다 알려 드리겠습니다!"

장외투자에서 가장 어려운 것, 바로 회사의 정보에 대해서 자세히 알아내는 일이다.

한결은 그걸 견학 10분 만에 해결했다.

백인수의 백설 파인세라믹은 재무상태가 상당히 건전한 편이었다.

다만 조금만 손보면 나아질 곳이 군데군데 보였다.

"매출도 좋고, 순익비중도 양호한 편이고. 다만 몇 가지 아쉬운 점이 있네요."

"아쉬운 점이라니요?"

"높은 비용과 비효율적인 세무회계가 아쉽네요."

"아?!"

"중소기업의 경우, 이따금 회계담당자의 부재로 인해 제대로 절세혜택을 못 보는 경우가 왕왕 생깁니다. 기업의 입장에서는 세무사를 전적으로 신뢰하고 세무서에 신고를 할 수밖에 없지만, 세무사라고 해서 기업의 모든 것을 이해하고 절세를 진행하지는 못하기 때문이죠."

CPA를 공부하면서 한결은 세무에 대한 시야가 훨씬 더 넓어졌다. 게다가 최근에는 CFA를 공부하기 시작했는데, 이것이 CPA의 지식과 버무려지면서 시너지가 발휘되고 있는 것이었다.

한결은 어느새 투자자에서 회계사가 되어 있었다.

"그럼… 어떻게 하는 것이 좋을까요?"

"경리 업무자가 조금이라도 세무지식을 쌓도록 하는 것이 중요합니다. 아무리 연차가 높은 경리담당자라도 일이 바쁘다 보면 자기가 처리하는 선에서만 노하우가 쌓이게 되거든요."

"아!"

"제가 아직 CPA 수습은 못 밟아서 정식 회계는 못 해도 가이드라인 정도는 만들어 드릴 수 있는데, 해 드릴까요?"

"그래 주시면 좋죠!"

─직접적인 회계조정은 아니고, 그렇다고 경영 참여도 아니고…. 생각보다 선을 잘 지킬 줄 아네?

투자회사에 대한 공식적인 회계고문 행위는 자칫 위법으로 이어질 수도 있다.

하지만 그 선만 제대로 지킨다면 상관없다.

아니, 오히려 투자대상에 대한 적극적인 관심을 표해서 주가상승으로 이끌 수 있다.

'이렇게 해서 주가가 상승하면 우리에게 좋은 거잖아요?'

─좋기만 하겠냐? 잘하면 대박을 칠 수도 있지! 이참에 비용절감 솔루션도 조금 해 줘 봐!

'그럼 그럴까요?'

겸사 겸사라는 말이 있다. 기왕지사 투자 전 점검을 온 김에 고칠 부분이 있다면 깔끔하게 뜯어고치는 게 낫지 않겠는가.

한결은 회계의 가이드라인을 잡아 준 뒤, 비용절감에 대한 정보도 전해 주었다.

"지금 보면 포워딩 회사가 일을 워낙 잘못하고 있어서 원자재 수입관세라든지 수출관세가 너무 높아요."

"…어, 그래요?"

"분류코드를 좀 보시면……."

관세청 홈페이지에 접속해서 HS코드(무역상품 분류코드)를 검색했다.

"HS코드 하나만 바꿔도 인보이스 가격 자체가 바뀌거든요."

"…무슨 코드요?"

무역용어가 나오자 혼란스러워하는 것을 보면 무역업무는 관세사나 포워딩 업체에 일임하고 있었던 것이 분명했다.

'갈 길이 멀겠네.'

－자, 이제 좀 알겠지?

'뭐가요?'

－미들 업다운.

'아! 그러네! 이게 그 전략이네요?'

－그래, 이게 바로 미들 업다운 전략이야. 관리자를 통해 주가를 직접 조정한다. 이것보다 확실하고도 좋은 전략이 어디 있겠냐?

'…이게 또 이런 재미가 있었네요.'

－내가 그랬잖냐! 투자는 재미있다니까.

한결은 하나부터 열까지 천천히 백설 파인세라믹을 코칭하기 시작했다.

"관세사에게 너무 다 의존하는 건 좋지 않아요."

"관세사보다 믿을 만한 사람이 또 있어요?"

"사장님이요."

"아?!"

"관세는 관세사에게 맡기는 건 당연한 일입니다. 하지만 관세 부과단계 이전부터 모든 것을 다 맡겨 버리면 약간의 문제가 생길 수도 있죠. 포워딩 회사가 고객의 제품 원자재 분류까지 빠삭하게 외우고 있는 경우는 드물기 때문입니다."

"허! 그런 줄은 또 몰랐네?!"

"국제관세기구(WCO)라는 기관이 있습니다. 워낙 무역 시장에서 거래하는 품목이 많다 보니 관세를 부과하기가 쉽지 않거든요. 그래서 관세기구라는 것이 생겨났고, HS코드라는 것으로 교역품을 분류하기 시작한 겁니다. 예를 들어 1번 코드가 전자제품이라고 한다면, 거기에 맞는 교역품 분류로 관세를 부과하는 거죠."

"아! 분류코드는 나도 알아요! 아하, 그게 관세에까지 영향을 미치는 거구나! 우리는 무역을 한 지 얼마 안 되어서 잘 몰랐네요."

"이젠 제가 알려 드렸으니 사장님도 관세로 손해 보는 일은 없으실 겁니다. 앞으로는 분류코드를 잘 숙지하셔서 포워딩 업체에 꼭 알려 주십시오. 그럼 수출입 비용이 확 바뀔 겁니다. 비싼 건 관세비율이 100% 넘는 것도 수두룩하거든요."

"…어! 정말요?!"

"그럼요! 그리고 포워딩이라든지 무역 중개수수료의 경우에는 인보이스, 그러니까 송장에 표시된 총가격에서 부여되거든요. 그러니까 애초에 비용을 줄여서 수출입을 하는 것이 유리하실 겁니다."

"이야… 관세사 뺨치시네!"

"관세사는 회사에 대해 관심이 별로 없죠. 위생도기가 뭔지 잘 모를 수도 있고요. 그러니 회사 관계자가 어느 정도는 무역에 대해서 공부할 필요가 있습니다."

"그렇군요. 맞아요. 그럼 제가 양쪽 모두 공부해 보겠습니다! 적임자를 구할 때까지만이라도 제가 어떻게든 해봐야지요."

"그렇다면 제가 이따금 들러서 관세라든지 세무를 조금씩 봐 드리겠습니다."

"그래도 투자자이신데, 그건 너무 결례가 아닐지…….."

"그렇게 해서 주가가 오르면 저야 좋은 거고요! 나중에 주주배당이나 시원하게 해 주시죠!"

"그야 걱정하실 필요 없습니다! 약속하건대, 저는 혼자만 잘살겠다고 경영을 하지는 않을 겁니다!"

아직은 백설 파인세라믹이 어떻게 성장할지는 미지수나 한결은 그 미래가 상당히 밝다는 느낌이 팍팍 들었다.

차상식은 그런 한결을 바라보며 아주 만족스러운 미소를

지었다.

–그래! 그게 바로 LP의 자세인 거야. 그냥 투자만 하는 게 아니야. 커뮤니케이션을 통한 파트너십을 맺어야 한다는 거지!

'운 좋게 첫걸음을 잘 뗐네요?'

–너도 노력하겠지만, 이제부턴 저 사람들도 노력할 거다. 이건 내 직감인데, 생산설비만 늘려 주면 상장까지도 노려 볼 수 있겠어.

'상장요?'

–다만 한 가지가 아쉬워. 생산설비가 너무 적다는 점?

'그럼 어떻게 해요? 설비증설에 들어가는 돈이 한두 푼이 아닐 텐데……'

–이래서 투자유치가 중요하다는 거야.

'아!'

한결에게는 그 누구보다 열성적이며 든든한 지원군이 있었다.

바로 제니스 캐피털.

한결은 백 사장에게 회사의 재무제표와 수출전표를 받아 투자기획서를 작성해 보기로 했다.

"제가 투자기획서를 작성해서 잘 아는 투자기획자에게 넘겨 놓겠습니다. 수출전표나 재무제표 정도만 주시면 심사를 받을 수 있도록 해 드릴게요."

"…투자기획이요?"

"뭐 그렇게 거창한 건 아니고요. 그냥 심사만 받게 도와
드린다는 겁니다."

"아! 그렇게까지 해 주신다니, 너무 감사해서 어쩝니
까?!"

"이번에 동남아시아 시장에 호재가 뜰 겁니다. 그 호재
를 잡을 수 있도록 최선의 노력을 다해 주시면 됩니다."

"동남아시아라! 알겠습니다. 최선을 다해서 생산력 증대
에 올인하겠습니다!"

백 사장은 벌써부터 한결에 대한 신뢰로 가득했다.


§ § §


그 길로 집으로 돌아온 한결은 투자기획을 작성하기 시
작했다.

아마 지금까지 작성했던 그 어떤 기획서보다 정성을 들
였을 것이다.

－역시, 사람은 자기 돈이 걸려 있어야 본 실력이 나온다
니까?

"이래서 사업을 해야 하는 모양이네요."

이제야 조금이나마 이해가 간다.

너 나 할 것 없이 왜 창업이라는 것을 하는지 말이다.

§ § §

로한나 쿠스버트와 마주한 한결은 백설 파인세라믹의 재무상황과 매출현황, 그리고 맹점은 무엇이고 그것을 보완하기 위한 솔루션 방향까지 취합한 투자기획안을 만들어 제출했다.

"좋은데요? 이런 회사는 어떻게 찾아냈어요?"

"스승님이 작고하시기 전에 이런 말씀을 하셨거든요. '야, 이 돌탱아, 건설이 뜨면 뭐가 뜨겠냐? 당연히 건물 안에 들어갈 게 뜨겠지!' 라고요."

"호호! 참 그 사람답네요."

말 그대로 차상식이라는 인물이라면 당연히 할 법한 말투와 에티튜드였다.

그녀는 차상식을 회상하는 듯한 아련한 눈으로 말했다.

"…그 시크한 매력에 반했었는데."

"시크……. 뭐, 시크하다면 시크하시죠. 사람을 가끔 열받게 할 때가 있어… 험험! 죄송합니다! 저도 모르게 그만 감정이입이 되어서."

―이 자식이?! 나 들으라고 한 소리지! 응?!

한결은 속으로 큭큭 웃으며 차상식을 한 번 골려 주었다.

그렇게 귀신과 지지고 볶는 한결에게 로한나는 합격점을 주었다.

"마음에 드네요. 기업가치도 이만하면 충분한 것 같고. 벤처캐피털을 지원할게요."

"감사합니다!"

"그나저나 한결 씨는 여기에 얼마나 투자할 거예요?"

"5억쯤 투자할 계획입니다."

"5억이라……. 젊은 나이에 돈을 꽤 모았네요?"

"스승님의 도움이 컸죠. 코인을 한 2억쯤 주셨거든요."

"그래도 그 시드머니를 두 배 이상 불렸네요?"

"아직 갈 길이 멉니다! 한 10만 배는 불려야 하지 않겠습니까?"

"호호호! 그래요. 20조 원이면 그 사람도 충분히 즐거워하긴 하겠네요."

-20조 원? 그 정도면 테크노 탭댄스라도 추지! 암!

한결은 분명 로한나와 단둘이 있는데도 세 사람과 함께 있는 것 같은 착각이 들었다.

한데 그건 로한나도 마찬가지였다.

"이상하죠? 분명 우리 둘이서 얘기하고 있는데 마치 그 사람도 함께 있는 것 같은 느낌이 드네요."

"하하…. 또 모르죠. 이 공간에 사부님의 영혼이 함께 있을지도."

"…그렇다면 얼마나 좋을까요?"

-…….

함께 있는데도 같이 웃고 떠들 수 없다는 것은 겪어 보지 않은 사람은 절대로 알 수 없을 슬픔일 것이다.

한결은 차상식의 얼굴에서 얼핏 그 심정을 읽을 수 있었다.

'아저씨, 사모님한테 뭐, 하고 싶은 얘기 없어요?'

-하고 싶은 얘기? 그런 거야 많지.

'그럼 지금 한마디 하세요. 내가 에둘러서 얘기해 줄게요.'

-에둘러서? 아! 그럼 내 대신 그림을 좀 그려 줘!

'그림을요?'

-내가 그릴 테니까 따라 그려. 어렵지 않아! 그냥 내가 손으로 긋는 대로 선만 잘 이으면 끝이야!

'어… 뭐, 그럴게요!'

한결은 테이블에 놓여 있는 메모장 위에 그림을 그리기 시작했다.

슥슥.

"음? 뭐 하시는 거예요?"

"잠시만……."

고개를 갸웃거리는 그녀를 뒤로한 채 한결은 정신을 집중했다.

차상식이 손을 움직이면 그 손길을 따라 천천히 선을 긋고 그것을 연결해서 그림을 완성해 나갔다.

그림은 아주 심플하지만 마치 길거리에서 파는 캐릭터디
자인처럼 제법 태가 났다.

'그림도 그릴 줄 아세요?'

─어렸을 때 잠깐 산업디자인을 했었어.

'…머리도 좋은데 별걸 다 하셨네요?'

이윽고 그림이 다 완성되었을 때, 한결은 완성작을 보며
자신도 모르게 읊조렸다.

"눈동자에 별이 반짝이는 고양이?"

"…눈동자에 별똥별을 가져다 박은 고양이요."

"아! 사모님도 이 그림에 대해 아세요?"

"모를 리가 없죠. 그 사람이 나를 보고 만든 건데……."

"스승님이 이런 그림을 자주 그리시는 걸 봤습니다. 그
래서 혹시나 해서 한번 그려 봤습니다."

그녀는 정말이지 감회가 새로운 모양이었다.

"참… 당신은 그 사람에게서 별걸 다 전해 들었나 보네
요."

"워낙 애처가… 셨던 것 같았거든요."

"…맞아요. 애처가였죠."

진정으로 감동한 것 같은 그녀의 눈빛. 차상식도 오늘만
큼은 평소와는 표정이 완전히 달랐다.

비록 말은 하지 않았지만 느낌으로 통한 것이다.

로한나는 그림을 바라보다가 그것을 한결에게 건네주며

말했다.

"부탁이 하나 있어요."

"제게요?"

"나중에 사모펀드를 설립하면 그 심벌을 이것으로 해 주세요. 내가 투자해 줄게요."

"고양이를 심벌로 하는 사모펀드요?"

한결은 그림을 바라보다가 옅은 웃음과 함께 즉석에서 이름을 지었다.

"스타캣 인베스트먼트?"

"아! 스타캣! 좋은 이름이네요. 언젠가는 사모펀드를 만들어서 사람들이 이 그림을 영원히 기억하게 해 주었으면 좋겠어요."

어쩌면 이것은 한결이 스승 차상식에게 바칠 수 있는 가장 큰 선물인지도 몰랐다.

그는 크게 고개를 끄덕였다.

"그럴게요!"

§ § §

서울중앙지검 5층 형사 제4부에는 무거운 긴장감이 감돌았다.

"…뭐, 폭탄 돌리기?"

"로웰, INE, 전부 다 털었는데도 여전히 점조직들이 날뛰고 있습니다. 아무래도 헤드는 따로 있는 것 같습니다."

검찰은 최근 다단계 사기 및 불법 카르텔 조직 등의 혐의로 로웰과 INE를 털어서 관련자들을 전부 잡아들였으나, 여전히 기업 주가조작까지 일삼아 폭탄 돌리기를 자행하고 있는 것으로 밝혀졌다.

한마디로 꼬리만 잘라 냈을 뿐, 몸통과 머리는 여전히 따로 놀고 있는 것이었다.

"…뭐야, 이게? 대가리가 아직 살아서 폭탄돌리기를 하고 있었다고?"

"이걸 좀 봐 주시겠습니까?"

형사 4부장 심규섭에게 과장검사 곽준태가 몇 장의 보고서를 건네주었다.

보고서에는 주식시장의 차트가 그려져 있었다.

"최근 코스닥에 상장되었던 중소기업 네 개 회사의 주가 현황입니다. 보시면 아시겠지만 3년에 걸쳐 급상승하다가 최근 일주일 사이에 주가가 급격히 떨어지더니 결국 상장 폐지되었습니다."

"잠깐… 이게 각기 다 다른 회사의 차트라는 거야?"

"네, 그렇습니다. 차트의 움직임이 무서울 만큼 똑같지 않습니까?"

"…이게 말이 되나? 현실적으로 가능한 얘기냔 말이야."

차트는 마치 복사를 한 것처럼 똑같은 움직임을 보였다.

"로웰, INE는 지금까지 콜, 풋 반복 옵션사기로 돈을 챙겼을 뿐만 아니라 이렇게 정형화된 조직적 주가조작 사기까지 자행해 온 겁니다."

"이렇게 주가를 조작해서 회사를 털어먹고 그걸 다시 폭탄돌리기로 팔아먹고 있다, 뭐 그런 건가?"

"네, 그렇습니다."

"…이런 정보는 도대체 어디서 난 거야?"

"제보가 있었습니다. 출처는 불명인데 저 두 회사가 한 대가리 밑에서 아직도 작전주를 털어먹고 있다고요."

"흠!"

"그놈이 말하길, 리딩방으로 세력을 움직인다고 했습니다."

"…리딩방?"

"제대로 조사를 해 볼 필요가 있다고 봅니다."

가만히 생각에 잠겨 있던 심규섭이 고개를 가로저었다.

"아니야, 내버려둬. 이 건은 내가 알아볼게."

"예? 부장님께서 직접이요?"

"그러니 자네들은 일단 함구하고 있어."

과연 심규섭이 무슨 생각을 하고 있는 것인지, 곽준태는 항상 그게 궁금했다. 그래서 그런지 곽준태는 심규섭의 관심을 끌기 위해 자신도 모르게 모아 놓은 정보들을 마구 다

풀어놓곤 했었다.

"그… 소식 들으셨습니까?"

"뭔 소식?"

"공정위에서 움직이는 거 말입니다. 중앙은행의 프레스 때문이라고 하던데요?"

심규섭은 고개를 갸웃거렸다.

"그건 또 무슨 소리야? 중앙은행에서 어떻게 프레스를 가해! 공정위가 무슨 한국은행 따까리도 아니고."

"들리는 소문에 의하면 한국은행 총재가 부총리 지시를 받고 움직였다는 것 같기도 하고요."

"기획재정부에서 공정위에 직접 프레스를 가했다고?"

"요즘 은행들이 직원들 계좌 단속한다고 난리도 아니랍니다."

"…이건 또 뭐야?"

"설마 위의 사건들 때문에 그런 건 아니겠죠?"

심규섭은 고개를 가로저었다.

"아니야…. 사실 이건 금감원에서 더 민감하게 반응할 문제이지, 공정위가 먼저 나설 일은 아니거든."

"주가조작 사건이니 공정위가 먼저 아닐까요?"

"지금 금감원은 원리원칙을 따져야 할 때야. 잘못하면 주가조작 사태 때문에 골머리 아프게 생겼거든. 아마 금감원이 감당하기 어렵다고 판단될 때쯤 공정위가 직접 개입

하지 않을까?"

"뭔가 빅 이벤트가 있어야 한다는 뜻이로군요."

"그게 맞지."

"아!"

"그나저나 무슨 일일까? 한은에서까지 프레스를 가할 정
도면……."

슬슬 머리가 복잡해져 온다.

§ § §

황 부장은 한결이 얘기했던 자료들을 정말 사흘 만에 모
아 왔다.

재무정보는 물론이고 투자대상과 주업으로 하는 시장에
대한 상황을 일목요연하게 보고서로 엮었다.

"짜잔! 이 정도면 나쁘지 않겠지?"

"…이걸 사흘 만에 다 완성하셨다고요? A4용지로 무려
100장이나 되는데요?"

"우리 부 전체가 아주 피똥을 쌌지! 하지만 그래도 연말
성과급을 위해서 미친 듯이 달렸다고! 자네도 알지? 우리
회사가 무역이랑 투자에 대해서는 성과급이 엄청나게 센
거."

성과급 잔치를 해 본 장본인으로서 그건 누구보다 한결

이 제일 잘 안다.

하지만 그렇다고 해서 사흘을 날밤을 샐 정도는 아니었다.

"우와……."

―저 새끼도 독종이다, 독종!

천하의 차상식마저도 고개를 절레절레 흔들 정도의 집착이라니, 황 부장이 과연 어떤 유형의 인간인지 잘 보여 주는 단적인 예라고 할 수 있었다.

"아무튼, 이로써 네 개 기획, 열두 개 회사에 대한 투자 심사는 일주일 안에 진행할 수 있게 되었네요."

"우리가 알아봤는데 말이야, 요즘 실리콘이랑 바닥재가 아주 핫하다며! 이것 좀 봐봐!"

이번에는 한결에게 건설시장 원자재 동향에 대한 보고서를 내미는 황 부장.

이 사람은 보고서의 화수분인가 싶을 정도로 준비가 철저했다.

―이야! 꼭 예전의 누구를 보는 것 같지 않냐?

'이 사람도 나랑 비슷하게 맹목적으로 일하는 타입의 인간인가 봐요?'

―네가 만약 꼴통처럼 내 말을 안 들었으면 저런 황소 타입의 리더가 되었겠지?

'…꼴통이 뭡니까? 멀쩡한 머리 놔두고. 아무튼, 지금이

라도 정신을 차렸으니 다행이네요.'

도대체 이 많은 자료들을 구하고, 분석하고, 정리하고, 번역하고, 재구성하느라 날밤을 새웠을 수출입관리부를 생각하면 그야말로 눈물이 앞을 가린다.

하나 막상 자료를 보니 눈물 보다는 군침이 흘러나왔다.

'…노다지네, 노다지! 이건 뭐 거의 투자종목 가이드라인 아니에요?'

ー큭큭, 노비가 노비 노릇을 제대로 한다, 야! 이런 몸종 둘만 있어도 재벌 되는 건 순식간이겠는데?

황문식이 가져다준 시장 동향에는 건설시장에서 최근 각광 받고 있는 건자재들이 순위별로 나열되어 있고, 심지어는 그 가격 동향까지 아주 자세히 기록되어 있었다.

그러니까 한결은 이 자료를 바탕으로 건자재에서 파생될 만한 종목들에 투자해서 이익을 얻으면 금방 갑부가 될 것이라는 뜻이다.

'아저씨 말이 맞기는 하나 봐요. 다 망해 가는 회사에서도 건질 게 있는 걸 보니.'

ー은행이 채권을 회수할 때 말이다. 진짜 있는 돈 없는 돈까지 다 쥐어짜 내거든? 도대체 저기서 뭐 먹을 게 있나 싶어도, 빨래 짜듯 쥐어짜면 어디선가 돈이 또 나와. 그게 바로 회사라는 거야.

'이야… 참, 세상 넓네요.'

세상에는 참 돈 버는 방법도 여러 가지다.

황문식이 전해 준 보고서는 한결이 아주 맛있게 먹어 버렸다.

"음! 정말 그렇군요. 이대로 투자를 감행하기만 한다면 무역실적은 그야말로 수직상승하겠는데요?"

"으흐흐! 그렇지?! 이야, 진짜 내가 자네를 보름이나 쫓아다닌 보람이 있어. 그치?!"

"하하하! 그러게 말입니다."

일이 잘 풀렸다.

이제는 황문식이 밥상에 숟가락 얹겠다고 늘어졌던 것마저도 고마울 지경이다.

제5장
재고회전

투자기획을 작성해서 임 상무에게 올리자 곧바로 투자심사가 시작되었다.

"오늘 고문회의가 있으니까 늦어도 저녁까지는 답을 줄게."

"네, 감사합니다! 그럼 계속 근무하겠습니다!"

한결은 그 길로 돌아서서 사무실로 내려갔다.

올 연말에 나올 성과급과 보너스, 연말상여금 등등, 회사에서 나올 제3의 월급들을 가지고 투자를 할 생각에 들떠 있는 것이었다.

"어디에 투자해 볼까? 주식? 옵션? 으흐흐!"

─짜식이 이제는 지가 더 좋아서 난리네.

"재미있잖아요!"

-그래, 돈을 잃지 않는 투자보다 재미있는 건 없지.

"그런데요, 우리는 꼭 한국에서만 투자를 해야 하는 건가요?"

차상식은 슬그머니 웃음을 지었다.

-큭큭큭! 내가 그 얘기를 왜 안 하나 했다. 스위칭 전략을 배우고 있는데 한국에서만 투자하면 좀 아쉽잖아. 그렇지?

"물론이죠."

-하지만 지금 미국 주식시장은 레드오션이야.

"아! 그럼 어디에 투자를 하나요?"

-자, 그래서 이번 수업은 바로 환투자다!

"환투자? 달러나 엔, 유로화 그런 거요?"

-맞아, 스위칭 전략의 양대산맥이라고 할 수 있지.

차상식은 그야말로 투자전략의 화수분이었다. 그동안 경험과 실력으로 쌓은 노하우가 투자시장 곳곳에서 빛을 발한 것이다.

-이 스위칭 전략이라는 게 말이다. 기본적으로는 통화를 가지고 하는 거거든. 그런데 이 통화가치라는 게 오늘 다르고 내일이 다른 법이잖냐. 그러니까 우리는 달러화 인덱스라든지, 통화선물에 투자를 하면 되는 거야.

"하지만 지금은 상승장이잖아요? 달러화에는 투자하기 어렵겠네요?"

─그래서 필요한 것이 스위칭 전략이라는 거야.

"아하! 오를 때는 이쪽에, 내릴 때에는 저쪽에? 아니면 동시에 한꺼번에?"

─상승장, 하락장 전부를 다 사용하는 게 스위칭 전략이야. 장이 안 좋으면 안 좋은 대로 돈을 벌지. 헤지도 가능하고. 네가 배워야 할 중요 생존전략 중 하나라고 할 수 있지.

"재미있네요. 하락장에서도 돈을 번다니."

─내가 항상 얘기했지? 투자가 제일 재미있는 놀이라니까?

한결은 휘파람을 불며 사무실로 향했다.

한데 사무실 입구에 낯선 사람들이 서 있었다.

"어, 저기 오시네! 신 과장님!"

"누구시죠?"

"구조조정본부에서 나왔습니다! 재무관리실이요!"

명찰에는 '재무관리 2팀 과장 한선영'이라고 새겨져 있고, 그 뒤로는 재무관리실 임직원들로 보이는 사람들이 무리를 이루고 있었다.

─재무관리실이라…… 별로 좋은 관계는 아니지 않나?

'서로 정답게 웃으면서 화담을 나눌 사이는 아니긴 하죠.'

약간 떨떠름하긴 해도 일단 찾아온 만큼 용건 정도는 물어 주는 것이 예의다.

"아… 네, 그러시군요. 그런데 어쩐 일로?"

"잠시 얘기 좀 나눌 수 있을까요? 재고문제로 드릴 말씀이 좀 있습니다만."

순간 한결은 고개를 갸웃거렸다.

재무관리실에서 갑자기 무슨 재고문제를 들먹인단 말인가?

'…뭐지? 너무 뜬금포라 당황스럽네.'

-재무관리실에서 재고를 들먹인다. 확실히 앞뒤가 안 맞긴 해.

한결이 언뜻 사무실 안을 보니 부팀장이 고개를 가로저으며 '이 만남은 그다지 좋지 않아요' 하는 듯한 제스처를 취한다.

그건 한결 역시 동의하는 바였다.

다만 재무관리실에서 과장급 인사가 찾아왔는데 그냥 보내는 것도 좋은 그림은 아니었다.

'흠…… 굳이 사서 마찰을 빚을 필요는 없겠죠?'

-뭐, 그렇기는 하지.

한결은 일단 무슨 말인지 들어 보기로 했다.

"네, 뭐 일단 들어가시죠."

"아하하! 감사합니다!"

-저 새끼들이 황새대가리 같은 짓을 하려는 건 아니겠지?

어쩌면 최근 잘되기 시작한 투자기획팀 밥상에 숟가락

없으려는 것일 수도 있다.

하지만 이제 한결은 그마저도 덤덤하게 받아들이는 경지에 이르렀다.

사람을 자꾸 열 받게 만들면 기꺼이 숟가락살인마가 될 생각이니까.

'까불면 숟가락으로 때려죽이죠, 뭐.'

─역시, 깡다구! 이놈은 무식해서 좋단 말이야!

'…그거 칭찬 맞죠?'

§ § §

한결은 재무관리실에서 정말 너무나도 뜻밖의 얘기를 전해 들었다.

"브라질에… LED를 수출했다가 악성재고를 쌓다니요?"

"좀 외람됩니다만, 전임 팀장이 워낙 기획을 거지발싸개처럼… 아니, 표현이 너무 저렴했나? 아무튼, 사고를 쳐놔서 말입니다."

"흠…… 아무튼, 그래서 지금 재고가 얼마나 되는데요?"

"한화로 한 250억쯤 됩니다."

한 5년 전까지만 해도 남미에 수출건수가 나날이 늘어 제2의 투자시장으로 각광 받았던 시절이 있었다.

특히나 브라질은 신흥공업국으로서 남미 최고의 투자지

역으로 손꼽힐 정도였었다.

한데 최근 개도국 차관이 한차례 크게 흔들리면서 브라질까지 영향을 받았고, 내수와 수출 부진으로 브라질은 투자시장에서 서서히 매력을 잃어 가고 있었다.

문제는 이것들이 다 투자기획팀에서 비롯된 것이라는 점이었다.

"차라리 LED 원자재인 사파이어 기판이나 웨이퍼라든지 하다못해 사파이어잉곳이라면 몰라도, 지금은 아예 LED 계열 자체가 아예 푸대접을 받는 시점이라서 말입니다."

"…왜 하필이면 LED였지? 차라리 사파이어 기판을 가져다 팔았으면 현지 TV생산공장에 덤핑이라도 시도해 봤을 텐데 말입니다."

"그걸 알았으면 거지발… 뭐, 그런 표현은 하지 않았겠죠."

"음."

"아무튼 간에 전임 팀장께서 싸질러 놓… 아니, 싸두신 똥을 좀 치워 주셔야겠습니다만."

한결은 미간을 살며시 찌푸렸다.

"그나저나 전임 팀장이 한 실수를 왜 제가 수습해야 한다는 겁니까?"

"당신이 투자기획팀장 아닌가요? 내가 번지수를 잘못 알고 찾아왔나?"

"…그게 무슨 뜻입니까?"

"아무리 본인이 저지른 똥은 아니더라도, 팀장인 만큼 책임을 져야 한단 말입니다."

"……"

"회사생활이 그리 만만하지가 않아요. 그쵸?"

앞뒤가 꽉 막혀 도망칠 길이 없다.

'아예 작정하고 왔네.'

―어떻게 할 생각이냐?

'일단 얘기를 좀 더 들어 보고요.'

도망칠 수 없다면, 일단 상황부터 제대로 파악해야 한다.

"지금 재고가 어디에 어떻게 쌓여 있는데요?"

"싱가포르에 컨테이너째로 보관 중입니다."

"…싱가포르?"

"상파울루로 가던 도중에 계약이 취소되는 바람에 재고가 생기더니 그다음부터 계속 그렇게 되었습니다. 반품되어 들어온 것도 꽤 있고요."

"골치 아프네요."

"그렇다고 브라질 경기가 다시 풀릴 때까지 손 놓고 있을 수만도 없는 노릇 아닙니까?"

얘기를 듣는 순간 한결의 뇌리에 뭔가 그림이 그려지기 시작했다.

'잠깐만… 그렇다면…….'

―뭐야? 뭔가 재미있는 생각이 떠올랐어?

'잘하면 일이 쉽게 풀릴 수도 있겠다는 생각이 들어서요.'

투자기획실이 저질러놓은 재고처리 요청이 들어왔으니 어쨌거나 해결을 해 줘야 하는 상황이었다.

그렇다면 마냥 피하지 말고 적극적으로 해결하는 것이 하나의 방책이 될 것이었다.

"뭐, 그렇게 합시다."

"…합시다? 하신다는 얘기입니까?"

"방금 들으셨잖아요, 한다니까요?"

"시원시원하시네요!"

"대신 조건이 하나 있어요."

"얼마든지 말씀하세요!"

"대금은 현금으로 못 받아 올 수도 있어요."

"그거야 상관없죠~."

"오케이, 그거면 됐습니다."

－뭘 어쩌려는 건데?

한결은 회심의 미소를 지었다.

'기획은 기획자에게, 장사는 장사꾼에게, 무역은 무역상에게!'

－어? 너, 설마?

'아! 물론 수출입관리부에 덤핑을 하겠다는 건 아니고요.'

－에이, 아깝네! 그쪽이 더 재미있을 텐데!

'내가 무슨 양아치입니까? 무역데이터를 이용해서 수출

입관리부에 떡밥 좀 던져 주려고요.'

　-뭐… 그것도 나름대로 나쁘지는 않지! 그런데 뭘로?

　'오늘 배웠잖아요. 스위칭 전략!'

　상황이 좋지는 않았어도 한결은 그 속에서 어떻게 해서
든 최선의 수를 찾아냈다.

　한선영은 그런 한결에게 씩 웃으며 말했다.

　"무르기 없습니다?"

　"저는 한 입으로 두 말을 하는 성격은 아니라서요."

　"그럼 다행이고요!"

　뭔가 비웃는 듯한 표정이다.

　아무래도 저건 재고를 처리하겠다는 생각을 갖고 찾아온
사람의 얼굴은 아니었다.

　-쟤, 뭔가 좀 이상하지 않냐?

　'이 회사에 안 이상한 사람도 있어요?'

　-큭큭큭! 하긴 뭐, 그건 그러네!

　상대방이 무슨 간계를 꾸미고 있든지 간에 떡밥을 물었
으면 최선을 다하는 수밖에는 없다.


§　§　§


　아세안 수출입관리부는 아침부터 바쁘게 돌아갔다.

　"부장님, 클레임입니다!"

"또 어떤 새끼가 아침부터 클레임질이야?!"

"중국 쪽에서 전자부품을 수입했는데 죄다 품질불량이랍니다."

"아! 또 중국……. 아이고, 뒷골이야!"

무역에서 로스가 가장 많은 부분은 클레임이다. 품질이 불량이어도 클레임, 주문한 물량이 도착하지 못해도 클레임, 심지어는 돈을 떼먹는 클레임까지, 클레임의 종류도 참으로 다양하다.

한데 최근 들어 중국 쪽에서 유난히 클레임 유발을 해서 중개무역을 할 때마다 아주 골머리가 썩곤 했다.

"도대체 몇 번째야? 그 새끼들 그거, 무역을 할 마음은 있대?"

"일단 중국 쪽에 클레임은 걸어 놨습니다만 도저히 처리해 줄 마음이 없는 것 같습니다."

"…짱깨 새끼들이 그렇지, 뭐."

클레임으로 인해 발생되는 손해는 법적으로 청구할 수 있으나, 발생지역의 법정에서 처리하도록 되어 있다.

그러니까 당연하게도 현지의 민법 등에 따라서 보상금을 받든 합의금을 받든 해야 하는데, 중국은 무역클레임을 처리한 이래로 자국의 회사 쪽에 추징을 한다거나 강제집행을 해준 적이 거의 없었다. 있었다고 해도 집행명령만 내렸을 뿐, 실제로 집행이 되는 경우는 전무하다시피 했다.

"일단은 포기하자. 다른 거래처를 알아봐."

"아, 맞다! 오늘 아침에 신한결 과장이 부장님을 찾았는데 말입니다. 무역 관련해서 뭐 드릴 말이 있다고요."

"어, 신 과장? 그걸 왜 지금 얘기해!"

"죄송합니다. 부장님이 지금 오셔서……."

"그런 일이 있으면 전화라도 했어야지! 아무튼 지금 가면 되는 거지?"

"네, 그렇습니다!"

황 부장은 부리나케 투자기획팀으로 달려갔다.

다행히 한결은 자리에 앉아서 업무에 열중이었다.

"신 과장! 보자고 했다며?"

"아이고, 부장님! 제가 내려가도 되는데요."

"공사가 다망한 사람이 그러면 쓰나! 아무튼, 무슨 일이야?"

"요즘 전자부품 때문에 골치 많이 아프시죠?"

"…안 그래도 아침부터 한바탕 속앓이를 했어. 아니, 어떻게 불량부품이 나왔다 하면 전부 중국이냐고!"

"제가 그 건, 해결해 드릴까요?"

"어떻게?"

한결은 황 부장에게 '항만창고 악성재고현황'이라고 적힌 보고서를 건넸다.

"지금 싱가포르에 한화 200억 상당의 LED 재고가 쌓여 있다고 합니다."

"엉?!"

"클라이언트와 한번 상의해 보시죠. 우리가 중국산 대신에 한국산 LED를 주겠다고요."

"가, 가격은?"

뭔가 속이 뻥 뚫리는 기분이 든다.

"가격은 원래 정했던 그대로. 다만 조건이 있다고 하시는 겁니다."

"운반비용은 그쪽에서?"

"역시 부장님이십니다!"

조건도 나쁘지 않다. 물건이 없어서 헛발질하는 것보다야 한국산 LED를 쓰는 것이 클라이언트 측에서도 더 좋은 일일 테니 말이다.

"…고마워! 내가 나중에 소주 한잔 살게! 꼭!"

황 부장은 오늘따라 신한결 과장이 마치 '신'처럼 보였다.

§ § §

재고는 안정적으로 처리되었다.

"클레임 해결과 함께 200억 재고는 완판되었습니다."

"다행이네요."

생각 외로 일이 쉽게 풀렸다.

요즘 물밀 듯이 밀려드는 클레임을 해결하기 위해 재고

를 던진 것이 신의 한 수가 된 것이었다.

그때 이명선 대리가 한결에게 또 한 권의 보고서를 올렸다.

"과장님, 그리고 이거."

"뭡니까?"

"한번 읽어 보시는 게 좋을 것 같습니다."

BIS에서 뜻밖의 발표가 있었다는 보고서였다.

[…국제결제은행은 국제시장의 인플레이션 압력이 거세지자 BIS비율 일제 점검 및 조정이 시작될 것이라고 밝혔다. 이에 따라 각 국가의 중앙은행들은 일제히 비율점검에 나설 것이라며…]

한결은 이 보고서를 읽고 나서야 공정위는 어째서 움직였고, HSCB에서는 왜 그렇게 사원들을 잡도리하고 다녔는지 알 것 같았다.

BIS비율을 점검한다는 불시의 조사에서 단 하나의 꼬투리라도 잡히지 않기 위해 중앙은행에서 대대적인 단속에 나선 것이었다.

"정부에서 어느 정도 정보를 캐치하고 먼저 움직여서 선제적 조치를 한 것으로 보입니다."

"안 그래도 궁금한 점이 있었는데 그게 이렇게 풀리네요."

"아무래도 재무조정실에서는 조정정보를 미리 입수하고 200억 재고를 미리 덤핑해서 책임회피 구실을 만들려 한 것 같습니다."

"…어?"

부팀장의 보고를 들은 한결은 다소 떨떠름한 표정이 될 수밖에는 없었다. 재무조정실에서 계획적인 떠넘기기가 있었다는 뜻이었으니 말이다.

'…다된 밥상에 수저를 얹은 게 아니라, 다된 밥상에 똥을 뿌리려던 거였네? 이 새끼들 봐라?'

ー어째 비웃는 폼이 심상치 않더라니.

'어쩌면 우리가 지금 하려는 원자재 취급 회사 정리방안이 저놈들에게는 엄청난 맹점이 된다는 뜻 아닐까요?'

ー이욜! 눈치 빨라졌는데? 맞아, 그래서 저렇게 발작을 하는 거겠지.

조만간 더욱 큰 충돌이 있을 것 같다는 느낌이 든다.

하나 한결은 재무관리실보다는 투자에 더 관심이 갔다.

'그나저나 BIS비율을 조정하면 중앙은행들에도 영향을 미칠 거잖아요? 환율조정도 될 거고 대대적인 신용관리도 이뤄질 거고.'

ー당연한 수순 아니겠냐?

'그럼 포트폴리오는… 달러화 인덱스랑 통화선물 인덱스?'

-음, 그렇지.

'그리고 절하국면의 통화에 인버스도 괜찮을 것 같고.'

-오호, 제법인데? 맞아, 그거야.

'나도 서당 개 생활이 얼마인데, 이 정도는 하죠!'

상황이 어느 정도 맞아야겠지만, 시장의 하락은 오히려 더 큰 이윤을 생각해 볼 수 있는 좋은 투자조건이다.

예전의 한결이라면 당연히 위험도부터 생각했겠지만, 이제는 리스크를 통한 투자전략에 대해 생각하는 눈이 생긴 것이었다.

"아무튼 간에 팀장님, 이번 BIS비율 조정으로 인해 우리 회사도 영향을 받을 것으로 보입니다. 그래서 투자본부의 제2차 구조조정이 진행될 예정이라는 소문이 있던데, 사실입니까?"

"음? 우리 본부 구조조정 끝난 지 얼마 안 되었는데요?"

"그… 은행이랑 채권단에서 부채비율이랑 회사구조 점검한다는 소문이……."

은행권이 움직이면 채무회사인 IX인터가 조정을 받게 될 것은 당연한 일이니 그런 소문이 돌고 있는 것이다.

만약 소문이 사실이라면 이명선 대리가 그 1순위가 될 가능성이 높았다.

-똥줄이 타는 모양인데?

'당연하겠죠. 이번에 살아남은 것도 운이 좋았던 것이니까.'

-그나저나 구조조정이 시작되면 골치 꽤나 아프겠는데?

'네? 어째서요?'

-큭큭, 두고 보면 알아.

'…왜 또 그래요? 찜찜하게시리.'

한결은 일단 본부장에게 사실을 확인해 보기로 했다.

"내가 한번 알아볼게요."

§ § §

상무이사 집무실로 올라갔더니 뜻밖의 소식이 들려왔다.

구조조정은 사실이었고, 원치 않는 인사이동까지 있었다는 것이었다.

"인원보충이요?"

"이번에 BIS비율 조정 시기에 맞춰서 우리 IX인터도 구조조정을 단행하기로 했거든. 자원개발부 소속 임직원들이 대거 이동하게 될 거야. 자네 투자기획팀에도 한 다섯 명쯤 인원이 이동될 텐데… 괜찮겠어?"

그다지 좋은 소식은 아니었다.

자원개발부는 한결의 손에 의해 조정되어 사라진 부서였으니 말이다.

부서가 없어진 사람들이 구조조정 시기에 이리저리 흩어지는 것은 당연한 일이지만, 하필이면 그게 한결의 휘하라는 게 문제였다.

'…아저씨, 이래서 그렇게 낄낄거렸던 거죠? 나 엿 먹을 생각에 신나서!'

−짜식아, 엿이 뭐냐? 엿이! 이게 다 제자를 사랑하는 싸부의 눈물 나는 내리사랑 아니겠냐? 큭큭큭!

'아! 이러니까 사탄이 실직을 하지! 그나저나 뭔가 좀 이상하지 않아요? 인사팀은 왜 굳이 시너지도 나지 않을 인원들을 우리 팀에 꽂아 넣겠다는 걸까요?'

인사 계열은 조직의 구조를 쇄신해서 얻는 시너지를 통해 성과를 쌓는다.

하지만 이것은 조직 내의 노골적인 충돌로 보이는 이동 명령이었다.

바보가 아니고서야 일을 이따위로 만들 리 없다.

−재무관리실은 결국 구조조정본부 소속이라며. 그럼 인사팀이랑도 한솥밥 먹는 사이 아니겠냐?

'이 새끼들이 또 시작이네?'

−저놈들이 진짜 끈질기긴 한 모양이구나.

한결은 차분하게 마음을 가라앉혔다.

그렇게 한결 가벼운 마음으로 상황을 둘러보니 오히려 좋은 수가 떠올랐다.

'…이거 말이에요. 잘하면 카운터펀치가 될 수도 있지 않을까요?'

-오호? 역시 근성의 콘크리트!

'재고로 나를 어떻게 해보려 했던 것은 열 받지만, 생각
해 보면 그건 오히려 도움닫기를 위한 사이드킥이 되어 줄
재료였던 거잖아요. 우리는 200억을 처리했고, 그 방안이
올바르다는 것을 검증한 것이고!'

-이요오올! 짜식, 많이 성장했다?

'그럼 기왕지사 이렇게 된 거 재무관리실에 소소하게 엿
이나 좀 선물해 볼까요? 나도 커리어 좀 쌓고!'

-큭큭! 엿이야 언제나 환영이지!

한결은 소소하게 엿을 제조하기 시작했다.

"인원충원, 감사드립니다!"

"…뭐, 딱히 감사할 일은 아닌데. 아무튼, 자네가 그렇게
생각해 준다면 다행이고."

"그렇다면 본부장님, 인원도 늘었겠다, 제가 제안 하나
만 드려도 되겠습니까?"

"제안? 뭔데?"

"재무관리실에서 재고관리대장을 가져오면 어떻겠습니
까?"

"…재고를 우리가 관리하자는 거야?"

"재무관리실에서 얼마 전에 200억짜리 악성재고를 우리
에게 덤핑한 사건이 있었습니다. 기억하십니까?"

임 상무의 표정이 미묘하게 일그러졌다.

"…들어서 알고 있어. 이놈의 재무이사를 찾아가서 요절을 내려다가 잘 마무리되어서 참았지."

"제가 재고를 처리해 보니 말입니다. 이게 생각보다 짭짤한 건수가 되더란 말이죠."

"짭짤해? 으음… 생각해 보니 그렇긴 하군. 악성재고를 처리하면 재고회전율이 높아질 것이고, 그건 우리 실적으로 잡힐 테니까."

"그뿐만이 아닙니다. 수출입관리부를 움직여서 재고에 맞는 클레임을 물어 오게 하면 우리가 투자기획 실적까지 챙길 수 있게 됩니다. 그것은 장부에 계상하기에 따라서 매출실적으로도 잡힐 수 있을 것이고요."

"일석삼조의 효과다?"

"네, 그렇습니다! 자기들이 해결 못 하던 재고를 우리가 끌어와서 실적으로 만든다? 복장이 뒤집히지 않겠습니까?"

"오호!"

"게다가 지금은 구조조정 시국인데 성과를 하나라도 더 올려야 할 때 아니겠습니까? 우리가 재무관리실의 실적까지 박박 긁어서 저놈들의 실적을 똥창으로 만들어 버린다면 인원감축은 저쪽에서 먼저 겪게 되겠지요!"

-좋아, 아주 좋아! 소소한 이벤트로는 딱이네. 큭큭큭!

차상식이 인정할 정도로 한결은 제대로 된 리스크 스위

칭 전략을 구상해 냈다.

만약 조직 규모가 작았다면 절대로 실행할 수 없는 전략이었겠지만, 다섯 명이나 되는 인원이 충원된다면 이야기는 달라진다.

"좋아, 내가 책임지고 재고를 우리 쪽으로 끌어오도록 하지!"

"감사합니다!"

"자네는 지금부터 수출입관리부와 더욱 긴밀한 협력을 통해 줄을 잘 만들어 놓으라고."

"그건 걱정하실 필요 없습니다!"

"아, 그래! 그쪽은 자네가 꽉 잡고 있지? 그럼 걱정할 필요 없겠군!"

얼마 전까지만 해도 기피대상 1호였던 황소대가리를 이번에야말로 제대로 써먹을 수 있겠다 싶은 생각이 든다.

§ § §

한결의 리스크 스위칭 전략을 전해 들은 황 부장은 그야말로 꼬리에 모터를 단 개처럼 한결에게 꼬리를 쳐 댔다.

"클레임 해결에 수출실적까지 올려 줘?! 그럼 우리야 땡큐지!"

"요즘 어디에서 제일 클레임이 많이 발생하는지, 그리

고 그 해결방안은 무엇인지 준비하는 게 좀 빡셀 것 같습니다."

"걱정 마! 자네가 우리한테 재고장부만 주잖아? 내가 잠을 못 자더라도 기획안을 완성해 낼 테니까!"

"그나저나 제가 이렇게 업무를 토스해서 수출입관리부에서 반발은 없을지 걱정입니다."

황 부장은 피식 웃었다.

"하! 반발? 자네는 구조조정 시기에 모가지가 간당간당하게 생겼는데 반발이라는 것을 생각할 수나 있을 것 같아?"

"아!"

"그러고 보니 최근 중국 쪽 분위기가 심상치 않더라. 투자금 유출문제가 심각한 것 같더라고. 이것 좀 봐봐!"

황 부장은 수출입 동향을 체크한 '수출입 관련 현금출납보고서'라는 것을 한결에게 건네주었다. 보고서에는 최근 중국에서 결제하는 현금이 점점 줄어들고 있다는 것이 잘 나타나 있었다.

"요즘 중국에서 빠져나온 투자금이 해외로 마구 흩어지고 있어. 아무래도 BIS에서 자기자본비율을 조정한 것도 이것과 아예 관련이 없지는 않을 것 같아!"

"안 그래도 탈중국이라고 해서 자금이 마구 탈출하고 있다는 얘기는 들었습니다만."

"그래서 말인데, 자네가 이번에 선물환 기획을 좀 잡아 주는 건 어때?"

"…선물환이요? 달러화 말씀이십니까?"

"그래! 원래 이런 건 재무이사가 해 줘야 하지만 그쪽은 FRM만 가지고 있지, 리스크 관리랑은 아예 상관도 없는 인간이거든."

선물환이라는 것이 보통의 혜안으로는 불가능한 일이기에 부담이 되는 것이 당연했다.

하나 차상식의 생각은 달랐다.

-선물환, 투자해 버려.

'이 혼탁한 시기에 선물환을 하라고요? 잘못하면 큰 손해를 볼 텐데?'

-손해 안 봐. 내가 가이드를 해 주면.

'……흠!'

-그리고 지금으로선 저놈 말이 맞아. 이 불안한 시기에는 선물환이 가장 좋은 헷지수단이 될 수 있어. 위안화 수급이 제대로 된다고 해도 가치변동이 너무 심한 시기라서 말이지.

차상식의 가이드가 있으면 선물환은 100% 성공한다.

하지만 한결은 조금 달리 생각해 보기로 했다.

'내가 해볼게요. 내가 스스로, 내 힘으로 말이죠!'

-구뤠? 패기 좋은데?

'언제까지 아저씨 등에 업혀 있을 수만은 없죠. 아무리 버스를 탄다고 해도 말이에요!'

운이 좋아 차상식을 만났지만, 귀신이라는 존재가 언제 사라질지는 아무도 모르는 일이다.

이 세상의 그 어떤 존재도 영원할 수는 없는 법이니까.

"감사합니다. 제가 기획을 잡아 보겠습니다!"

"역시! 화끈해!"

어쩌면 순수 자력으로는 처음 해보는 선물투자인지도 모른다.

하지만 그래서 한결은 더 가슴이 두근거렸다.

망하건 흥하건 반드시 뭔가 얻을 게 있다고 생각했기 때문이다.

제6장
조직관리

구조조정으로 인한 부서이동이 있었다.

한결 밑으로 들어온 인원들은 사원 두 명, 대리 두 명, 과장 한 명이었다.

한 부서에 과장이 두 명이나 있게 된 것이었다.

"반갑습니다. 신한결 과장입니다."

"아이고, 과장님! 반갑습니다! 함인국 과장입니다!"

함인국 과장은 한결에게 90도로 고개를 숙이며 인사했다.

그는 이 회사 과장들 중에서 연차가 제일 높은 고참이다.

회사 최고참 만년과장이 과연 한결의 말을 잘 들어줄지, 그것이 가장 큰 의문이다.

함인국 과장이 한결에게 90도로 인사한 것과는 다르게

대리들은 떨떠름한 표정이었다.

"주진혁입니다."

"…곽도철이요."

두 사람은 유학파의 엘리트이고 해외에서 석사까지 따서 들어온 고학력자이기도 했다.

이런 두 사람이 연차도 자신들보다 아래인 한결을 좋게 볼 리가 없다.

하지만 지금과 같은 구조조정 시기에 팀장에게 밉보였다 간 그대로 모가지일 테니 차라리 입을 열지 않는 것으로 보였다.

―저 두 새끼가 문제겠네.

'흠…… 조져야 하나, 살살 구슬려야 하나?'

―이럴 땐 졸라게 채찍질을 하는 수밖에는 없어. 강한 놈에게는 강하게, 부드러운 놈에게는 부드럽게. 그게 바로 윗선으로서의 처세술이라는 거거든.

'…어렵네요.'

―어렵지! 그럼 윗사람 노릇이 마냥 쉬울 줄만 알았냐?

이어서 두 명의 사원들이 한결에게 인사를 해 왔다.

"권미림입니다! 과장님, 잘생겼어요!"

"도희진이라고 해요. 몸이… 좋으시네요!"

그나마 이 다섯 명 중에서 업무능력을 갈음하기 가장 어려운 쪽이 바로 이들이었다. 연차가 낮은 것은 물론이고 지금까지 뚜렷한 성적을 낸 적이 별로 없었기 때문이다.

'쓸모가 있을지 모르겠네.'

-오올! 오피스 러브라인! 좋지!

'…이 아저씨가 또 시작이네.'

-그나저나 어때? 네가 보기에 조합은 괜찮은 것 같아?

'글쎄요. 일단 굴려봐야 알겠죠? 하지만 수치상으로 대리 두 명의 능력만은 확실하니까 저 적개심부터 해결해야 하지 않을까 싶기도 하고요.'

팀의 허리이자 주력인 대리라인을 보강하기 위해서는 특단의 조치가 필요할 것 같다는 생각이 든다.

"아무튼, 팀의 구성은 이렇게 될 것이고, 부팀장은 아시다시피 이명선 대리로 계속 유지됩니다."

"음……."

"함 과장님, 괜찮으시죠?"

"아, 아하하. 물론이죠!"

"대리 두 사람도?"

괜찮지 않다는 것이 얼굴에 다 드러나 있다.

부팀장 이명선은 저 두 명의 대리보다도 연차가 낮기에 서열상 거의 준 막내급의 위치라고 할 수 있다. 그런데 선배들 다 놔두고 준 막내에게 부팀장을 줬으니 표정이 좋을 리가 없다.

물론 불편한 건 이명선 역시 마찬가지였다.

"저… 아무래도 부팀장 자리는…….."

"이의는 받지 않습니다. 오늘부터 당장 근태평가 들어갈 거니까 그렇게 아세요."

만년과장이라고, 고학력자 대리라고 해서 봐주지 않는 다. 심지어 그것은 투자기획팀의 터줏대감이었던 이명선 역시도 마찬가지다.

-아예 초반부터 메기를 풀어 버리겠다는 거네?

'조직이 제대로 굴러가려면 그만한 리스크 정도는 줘야 하는 것 아닐까요?'

-큭큭! 그래, 싸움구경이 제일 재미있는 법이긴 하지!

과연 한결의 메기효과가 어떤 결과를 만들어 낼지는 조 금 더 지켜봐야 알 일이다.

§ § §

다음 날 오후, 한결은 김유철을 만났다.

선물환을 부탁하기 위함이었다.

"…선물환?! 대장, 뭔가 엄청난 건수가 있는 거야?! 그 런 거야?!"

"아니야, 그런 거. 아무튼 간에 카운터 파트너를 구해 줄 수 있어?"

선물환은 단순히 환율의 등락을 가지고 펼치는 도박이

아니다. 선물환이라는 것은 환율변동이 만들어 내는 리스크가 너무 클 때, 그것을 회피하기 위한 수단으로 사용된다.

지금과 같이 달러화가 가파르게 상승하고 있을 때에는 수출에 유리하지만 수입에는 다소 불리하게 작용할 수 있다. 반대로 달러화가 단기간에 하락하면 수입에는 유리하나 수출에는 불리할 수 있다.

이러한 환리스크를 헤지하기 위한 방법이 바로 선물환 거래인 것이다.

김유철은 가만히 생각에 잠겼다.

"음……."

"없으면 말고."

"아니야, 있지! 있어!"

"그래?"

"있긴 있는데…… 대장이 이번 선물환은 반드시 딴다는 확신을 내게 줘야 해."

"어째서?"

"이번에 HBSC에서 구조조정을 진행하거든? 거기에 우리 라이벌 부서들도 꽤 포함되어 있어. 어떻게 해서든 간에 실적은 채우려고 들 거고, 만약 내가 적당히 정보를 흘리면서 이빨만 잘 털면 선물환이야 당연히 자기 쪽으로 끌어오려고 하겠지!"

"아… 그러니까 네 라이벌을 내 선물환으로 쳐서 없애 달라?"

"빙고!"

역시 김유철도 허당은 아니었다.

-저게 헐렝이처럼 보여도 완전히 천치 수준은 아니었나 보네?

'아저씨 말이 맞아요. 이런 놈들은 니즈가 확실하다고. 그래서 부려먹기가 더 좋네요.'

-이제 보니 썩 괜찮은 놈이란 말이야. 안 그러냐? 노비도 기왕이면 똑똑한 놈이 낫지. 맹탕처럼 허구한 날 이리저리 쥐어 털리는 얼간이보다야 잔머리가 팍팍 굴러가는 간신배가 좋지 않겠어?

'그건 확실히 그렇죠!'

기왕이면 똑똑한 노비. 한결도 그런 노비가 더 좋다고 생각했다.

"선물환? 100% 내가 이기는 게임이지!"

"…졸라 멋있어. 100% 내가 이기는 게임이라니!"

"아무튼 간에 계약은 맺을 수 있는 거지?"

"아이고, 그럼! 내가 적당히 정보 몇 개 흘릴 테니까 대장은 선물환 계약 시기만 딱 잡아 줘. 그럼 끝이야."

"오케이, 알겠어!"

"그런데 선물환 거래 지역은 어디야?"

"조금만 많아. 한 열두 개쯤?"

"…어! 그걸 한꺼번에 다 거래한다고?"

"어쩌면 조금 더 늘어날 수도 있고."

이것은 회사의 재고를 가지고 하는 거래다. 악성재고를 털어 내는 만큼 매각손이 발생할 텐데, 한결은 그 매각손을 선물환으로 채우겠다는 것이었다.

"…쉽지 않을 텐데?"

"어려워. 당연히 어려운데, 그만한 가치는 있어. 하이리스크, 하이리턴. 리스크가 큰 대신에 이득도 많은 법이지."

"와, 씨… 지렸다! 역시 깡다구, 하면 신한결이지!"

이것이 과연 단순 깡다구가 될지, 치밀한 투자계획이 될지는 모두 한결에게 달려 있는 것이다.

§ § §

늦은 밤, 투자기획팀의 남자들끼리 회식이 있었다.

팀장만 빼고.

"…씨벌, 내가 진짜 더러워서 때려치우든가 해야지!

주진혁 대리가 신경질적으로 술을 넘겼다.

가뜩이나 부서이동에 구조조정에 머리가 아픈 마당에 새파랗게 어린 팀장 밑에서 일하려니 죽을 맛이었다.

그건 곽도철 역시 마찬가지였다.

"그 새끼 그거, 순혈도 아니고 정통도 아니고, 그냥 뒷구멍으로 들어온 특채 나부랭이잖아요? 우리처럼 치열한 경쟁을 뚫고 들어온 것도 아니면서 온갖 생색은 다 내고! 진짜 생각 같아선 확 엎어버리고 싶네!"

"과장님! 무슨 말이라도 좀 해 보세요! 사실 말이야 바른 말이지, 짬밥으로는 차부장급인데 대우가 이게 말이 되는 겁니까?!"

"음……."

"과장님이 가만히 있으니까 저 반푼이 새끼가 설치는 거잖아요!"

함 과장은 입을 꾹 다문 채 그냥 술이나 마시고 있었다.

사람들은 함 과장을 '함죽이'라고 부른다. 꼭 합죽이처럼 입을 꾹 다물 때가 많다고.

"또 합죽이 콘셉트 잡으시려고요? 으이그! 그러니까 아직까지 과장 신세죠! 그럴 거면 그 자리, 나나 주세요! 나도 승진 좀 해 보게!"

과장이든 차장이든, 회사에는 직급에 맞는 정원이 있다. 지금까지 과장정원에서 제외되지 않고 버텨 온 것만으로도 나름 능력자라 할 수 있다.

지이이이잉!

함 과장의 스마트폰이 울렸다.

그는 번호를 확인하더니 대리 두 명의 눈치를 스윽 살폈다.

"왜 그러세요?"

"…마누라."

"에이, 진짜! 사람이 왜 그래요? 재미도 없어, 실적도 없어, 진짜 그러실 거예요?"

"미안, 나 먼저 가 볼게!"

대리 두 사람이 하루 종일 팀장 호박씨를 까든 말든 함 과장은 술집을 나섰다.

그리곤 아직도 진동이 느껴지는 스마트폰의 액정을 손가락으로 스윽 문질렀다.

"…왜 자꾸 전화질이야?"

목소리에 굉장히 날이 서 있다.

마치 짜증이 폭발할 것만 같은 그의 목소리에 통화 상대는 다 죽어 가는 투로 답했다.

─동기끼리 이러기 있어? 어떻게 나만 죽고 너만 빠져나갈 수 있냐고. 응?

"그럼 나더러 어쩌란 말인데? 다 같이 손잡고 빠져 죽기라도 하잔 말이야?"

─최소한 소명 정도는 해 줄 수 있는 거잖아. 지금 내가 사원증을 빼앗겨서 회사에는 아예 들어가지도 못하는 상황이야. 억울해도 어디에 대고 하소연조차 못 한다고.

"…그래서 나까지 목숨을 걸어 달라?"

─우리 어머니 아픈 거 알지? 내가 병원비 못 벌면 그대

로 퇴원해서 식물인간으로 살아야 할지도 몰라. 응?! 동기끼리 좀 돕고 살자!

"이 세상에 사정없는 인간도 있어?"

―와… 이 새끼 진짜 인정사정도 없는 놈이었네!

"그럼 끊는다."

뚝.

함 과장은 오늘따라 술이 더 당겼다.


§ § §


재고관리대장이 넘어온 뒤, 한결은 투자기획팀을 짜임새 있게 움직여서 재고와 클레임을 매칭시키는 작업에 돌입했다.

한결은 주진혁 대리에게 전자제품 계열 클레임의 재고 매칭 가능성에 대한 자료를 분석하게 했고, 곽도철 대리에게는 원자재 관련 클레임을 분석하게 했다.

보고서는 생각보다 괜찮았다.

다만 한결의 커트라인에는 미치지 못한다는 것이 문제였다.

"클레임 회사 측의 이익률이 너무 낮아요. 단가조정을 하든, 포워딩을 다시 하든 해서 이익금을 지금보다 2% 높게 만들어 오세요. 우리는 클레임 해결을 겸해서 재고를 회전시키는 거예요."

"상대 회사의 이윤을 올려주면 우리의 이윤이 감소합니다만."

주 대리는 자사 클레임을 해결하는 차원에서 재고를 회전시키고 있는 것인데도 불구하고 상대 회사에 지나치게 낮은 이익률을 제시했다.

한결은 별 황당한 소리를 다 듣겠다는 듯이 답했다.

"그걸 지금 말이라고 합니까? 저쪽에서 이윤도 안 남는데, 뭐가 좋다고 클레임을 취하하겠어요?"

"…그래도 우리 이윤을 생각 안 할 수는 없잖습니까."

"이윤이 안 남을 것 같으면 비용을 줄이든가요."

한결의 지적이 잔소리라고 생각하는 모양인지 주진혁 대리의 표정이 와락 일그러졌다.

하지만 한결은 신경 쓰지 않고 보고서에서 단가조정이 가능할 것 같은 부분을 체크했다.

"21개 항목에서 각각 0.1%의 비용절약이 가능하겠군요. 가서 수정해서 다시 만들어 오세요. 그리고 체크리스트를 만들 때 직접 현장에 가서 눈으로 확인해 보고 오시고요. 아셨어요?"

"…네, 알겠습니다."

단 한 번 보고서를 보고 대충 체크를 한 것 같아도 한결은 숫자의 천재다.

주진혁은 한결이 내민 체크리스트를 말없이 바라볼 수밖에 없었다.

물론 어쩔 수 없이 지적을 받아들였지만, 주진혁은 영 떨떠름한 것이 여간 기분이 더러운 게 아닌 것 같았다.

-재수 없다고 생각하는 게 눈에 딱 보이네. 뒤에서 호박씨 졸라 까는 거 아니야?

'그래도 어쩔 수 없죠. 없는 자리에서는 나라님도 욕한다는데, 앞담화 안 까는 것만 해도 어디예요?'

-그래도 네가 괴물딱지라서 다행이지, 그것도 아니었으면 저 정도로 끝나지도 않았을 거다.

역시 조직관리란 쉽지 않은 것이다.


§ § §


주진혁에 이어 다음으로는 곽도철의 보고서를 읽어 볼 차례다.

한데 한결은 그의 보고서를 보곤 인상을 와락 일그러뜨렸다.


[…원자재 마이너스 프리미엄을 감수하는 형태의 매각으로…]

원자재의 가격을 왕창 깎아서 덤핑하겠다는 것이었다.

"…마이너스 프리미엄? 재고를 무지성으로 덤핑하자는 겁니까?"

"원자재는 지금 중국이 꽉 잡고 있어서 우리로선 가격경쟁에서 이길 수 있는 방법이 아예 전무합니다만?"

"찾아서 나오면 어떻게 할래요?"

가격이라는 것은 절대적이지 않다. 때에 따라서 가격은 높아질 수도 있고 낮아질 수도 있다. 당장 오늘 물건이 필요한데 마땅한 구매처가 없다거나 필요한 등급의 원자재가 없다면 가격은 당연히 높아질 수밖에는 없는 것이다.

한데 방법이 아예 없다는 말은 한결이 듣기에는 그저 핑계에 불과했다.

"나가서 다시 알아보고 오세요."

"정 그렇다면 지침이라도 좀 주든가요."

'꼬우면 네가 한번 해보든가' 하는 말이 얼굴에 고스란히 써 있는 것 같은 느낌이다.

한결은 피식 웃으며 보고서에 폭풍 같이 체크를 하기 시작했다.

슥슥슥!

총 19개의 지점에 체크를 한 뒤, 그것을 다시 돌려주었다.

"다시 알아보고 와요. 내가 마음에 드는 가격이 나올 때까지 계속 조사하고 또 알아보는 겁니다. 알겠어요?"

곽도철은 아예 대답조차 하지 않고 나가 버렸다.

-저 새끼가 반항을 다 하네? 구조조정 따위는 개나 줘 버려라. 뭐, 그런 건가?

'일단 두고 보죠. 싸가지는 좀 없어도 일만 잘하면 되는 거니까요.'

-하긴 보고서 자체는 나쁘지 않았지.

대리 두 사람은 비록 툴툴댈지언정 한결의 지시에 따라 어떻게 해서든 방법을 찾아냈다.

마이너스 덤핑도 재고회전을 생각하면 제법 합리적인 방안이었고, 회사의 이익을 위한 고가격 제안도 나쁘지는 않았다.

'잘 굴리면 꽤나 유용하게 써먹을 수 있겠어요.'

-역시 콘크리트 심장. 냅다 까기보다는 끈기 있게 조련하겠다 이거냐?

'잘 구슬려서 부려먹을 생각을 해야지, 까긴 왜 깝니까?'

싸가지가 없건, 말귀를 못 알아먹든, 어쨌거나 부리는 대로 움직이고 있긴 했다.

당근과 채찍이 통한다는 것이 어느 정도는 증명된 셈이었다.

-에잇, 재미없는 놈! 가끔은 팩트폭행이라든지, 싸가지

없는 새끼 쥐어패기 같은 이벤트도 필요한 법인데 말이야!

'…아저씨는 구경꾼이에요? 내 선생님이에요?'

-둘 다!

'어휴! 철 좀 들어요!'

-야, 나도 재미 좀 보자!

'됐거든요!'

남자는 죽을 때까지 철들지 않는다는 말이 있는데, 차상식을 보면 죽어서도 철들지 않는다고 정정해야 할 모양이다.

§ § §

답답한 마음을 안고 탕비실로 향하는데 두 여직원의 수다 소리가 들려온다.

"있잖아, 우리 팀장님 말이야, 잘생기지 않았어?"

"몸도 좋더라…. 어렸을 때 무슨 엘리트 체육인이었다고 하던데?"

"아버지가 그거래, 특수부대!"

"와! 진짜? 어쩐지…….."

방금 전에 대리들에게서 받은 스트레스가 조금은 풀리는 것 같은 느낌이 든다.

-이야… 우리 모쏠이가 생각보다 인기가 많단 말이야!

내가 너였잖아? 벌써 주지육림 만들고도 남았어!

'아, 거참! 쓸데없는 소리를 하긴!'

분위기를 깨기 싫어서 돌아서려는데 이번에는 그녀들의 뒷담화가 이어졌다.

"그런데 좀 뻔뻔하긴 해."

"뭐가?"

"사실 자원개발부가 왜 사라졌는데? 내부고발을 해서 그렇게 된 거였잖아?"

"아! 그러고 보니 그렇긴 하네!"

"만년과장은 그렇다 쳐도 대리님 두 명은 불쌍하게 되었지. 누구 때문에 거의 절반쯤 퇴사 루트 밟고 있잖아?"

한결은 피식 웃음을 짓고 말았다.

'틀린 말은 아니네.'

-뭐, 각오하고 한 이벤트 아니었어?

'그러니까 겸허하게 받아들여야죠.'

씁쓸하게 돌아서려는 그때였다.

"자기들! 지금 뭐라고 그랬어? 우리 팀장님이 뭐, 어쨌다고?"

"헙!"

"어… 그게 그러니까……."

"팀장님이 그때 앞장서서 프로젝트 엎고 신작 완성 못 했으면 우리는 지금쯤 고용보험 타 먹으면서 손가락이나 빨고 있었을 거라고. 알아?!"

때마침 등장한 이명선 대리가 두 여직원을 잡도리하기 시작했다.

─야, 봐라! 내가 뭐라고 그랬냐? 쟤는 너한테 특별한 뭐가 있다니까?

'…이명선 대리가 생각보다 의리가 있네?'

─적어도 은혜를 아는 인간이라는 거지. 이야, 모쏠 주제에 여복도 많아요?

'거참, 모쏠 아니라고요!'

─크크크!

팀장이라는 자리는 여러모로 피곤했다.


§ § §


그날 저녁, 한결은 양유진을 만나 저녁을 먹기로 했다.

"어쩐 일이셔? 우리 고귀하신 신한결 씨가 먼저 연락을 다 하시고?"

"어째 심사가 좀 꼬인 것 같다?"

"꼬였지! 나는 죽어라 따라다녀도 가끔 만날까 말까인데, 넌 아니잖아?"

"그럼 너도 안 나오면 되잖아."

"…너어는 진짜! 말을 좀 곱게 해 주면 어디 덧나니?! 하여간 깍쟁이가 따로 없어!"

말 한마디 잘못했다가 구박만 한 바가지 얻어먹으니 밥을 안 먹어도 배가 부를 지경이다.

'뭐야, 갑자기 왜 저래? 발작 버튼이라도 눌렀나?'

ㅡ큭큭큭! 이러니 여태껏 모쏠이지. 인마, 눈치 좀 챙겨~.

'…거참, 모쏠 드립 좀 그만하시죠?'

ㅡ아… 진짜 아까워. 이걸 시트콤으로 만들어야 하는 건데! 그거 아냐? 진짜 혼자 보긴 아까운 삽질 광경이라는 거!

'어우, 씨! 이참에 부적이라도 하나 맞춰?'

한바탕 한결에게 퍼붓고 나니 조금은 나아진 모양이다.

양유진은 그제야 본론을 꺼내 들었다.

"뭐, 아무튼 어쩐 일이야?"

"너는 주로 대출을 해 주잖아. 그치?"

"해 준다기보다는 회수하는 쪽이긴 하지."

"아, 그래! 여신회수! 아무튼, 그래서 말인데, 아직 집계가 안 된 대한민국 생산지수에 대해서 어느 정도는 파악이 가능하겠네?"

그녀는 고개를 갸웃거렸다.

"우리가 무슨 조달청이야? 그걸 어떻게 알아?"

"생산지수가 높아졌으면 여신회수율도 높아졌을 것이고, 부실채권 비중도 낮아졌을 거 아니야."

"아! 뭐, 그건 확실히 그렇지."

"여신회수나 부실채권 비중에 대한 보고서 좀 줄 수 있을까?"

한결의 제안에 양유진은 피식 웃고 말았다.

"난 또 뭐라고! 별 대단한 것도 아닌 걸로 부탁까지 하고 그러니? 친구끼리!"

"아하하! 그래! 우리는 친구……."

"…라고 할 줄 알았니? 필요할 때만 찾는 친구야?"

"윽!"

─큭큭큭! 되로 주고 말로 받았네! 야, 넌 조련 스킬을 더 쌓아야 해. 이래선 네가 머슴인지 상전인지 구분이 안 되잖냐?

씁쓸한 표정의 한결에게 양유진은 조건을 내걸었다.

"자료는 얼마든지 줄 수 있어. 하지만 나도 조건이 있어."

"뭔데?"

"너 이번에 무슨 재고떨이로 재미 좀 봤다며?"

"어… 뭐, 지금도 그러려고 하고 있지. 근데 그건 왜?"

"그럼 우리 쪽 물건도 좀 털어 줘."

"…물건이라니? 은행에 무슨 물건이야?"

"너어어는! 부실채권도 모르니? 압류, 저당!"

"아!"

"괜찮으면 네가 좀 팔아 줘 봐."

한결은 속으로 고개를 갸웃했다.

'…이러면 오히려 내가 이득 아닌가?'

─재는 안 그런 것 같은데, 참 맹탕이야. 그치?

부실채권은 종류가 엄청나게 많다. 더러는 기업의 채권
도 있고 건물도 있고 부동산도 있다. 얼마 전까지만 해도
재고회전 불능으로 망한 회사들이 많아서 재고가 꽉 들어
찬 창고 같은 것도 부실채권으로 많이 쏟아져 나온다. 그것
도 50~60% 할인된 가격으로.

고로 이것은 또 다른 의미의 노다지라는 뜻이다.

"좋다! 내가 알아서 처리해 줄게, 시스터!"

"…그놈의 시스터 소리도 좀 그만하고!"

의외로 양유진은 한결에게 귀인인지도 모른다.


§ § §


버스를 타고 울산으로 내려가고 있는 곽 대리의 표정은
그야말로 우거지상이 따로 없었다.

"어휴! 내 팔자가 사나운 걸 어쩌겠냐. 니기미, 조만간
사표를 쓰든가 해야지."

회사에서는 직급이 깡패다. 절이 싫으면 중이 떠나는 게
생리다.

어쨌든 간에 지시를 받았으니 원자재가 필요할 만한 클레임 건을 찾아서 울산으로 향했다.

울산의 인듐글라스 제조회사 '동해 글라스'는 IX인터에서 나왔다는 소식에 떨떠름한 표정으로 일관했다.

"…뭡니까?"

"지난번 클레임 건 말입니다. 저희들이 새로운 제안을 좀 드릴까 하는데요."

"장난하시나! 중국에서 개X 같은 원자재 가져다가 사람 엿 먹여 놓고, 뭐가 어째요? 애, 최 과장아! 소금 가져와 확 뿌려 버려라!"

"소금 가지고 되겠습니까?"

역시 입을 떼는 것조차도 쉽지가 않았다.

'…지미럴, 도대체 이런데 무슨 가격협상을 해?'

덤핑 아니고선 답이 없는 것처럼 보인다.

당장 맞아 죽지 않은 것만 해도 다행일 지경이었다.

한데 여기에서도 뭔가 빈틈이 보이긴 했다.

"사람이 말이야, 일이 그렇게 되었으면 한국이나 일본에서라도 고품도 원자재를 가져다줬어야지! 요즘 주문이 얼마나 밀려 있는데!"

'어라?'

인듐글라스는 터치스크린의 부품이니 만큼 최근 수요가 급등하는 추세였다.

당연히 원자재인 인듐산화물의 수요가 높을 수밖에는 없었다.

그렇다면 파고들 수 있는 공간은 충분하다는 뜻이다.

"…저희가 한국산 제품을 넘겨 드릴 테니까 화 푸시죠."

"한국산? 진짜요?"

"네! 순도 확실하고, 품질도 보증합니다!"

"그건 당연한 거고, 가격이 중요하지!"

"가격은… 국산대비 10% 할인. 어떠십니까?"

"…10%?"

뭔가 서로 웅성거리며 논의를 하더니 잠시 후 동해 글라스의 공장장이 툭 던지듯 말했다.

"뭐… 그럼 그래 보시던가!"

"…감사합니다."

"근데 이번에도 제대로 못 맞추면 가만 안 있을 거요."

짜증이 얼마나 쌓였는지 알 법한 멘트였다.

하지만 곽 대리는 오히려 미소를 지었다.

"하하! 물론이죠! 실망시키지 않겠습니다!"

"아무튼, 그래서, 정확한 가격은?"

"어… 잠시만요! 5분만 시간을 주십시오!"

"흠! 알겠어요."

잘하면 이대로 클레임이 끝날 수도 있을 것 같았다.

곽 대리는 일단 회사로 전화를 걸어서 일단 인듐산화물

의 재고상황이 어떻게 되는지 물었다.

전화를 받은 수출입관리부에서는 빠르게 전산을 뒤지기 시작했다.

-인듐…….

"ITO(인듐주석산화물질)이요."

-ITO 타겟 말씀하시는 건가요?

"네, 맞아요!"

-잠시만요…………. 어…… 음, 마침 있네요.

"지금 그거 출고가가 어떻게 되나요?"

-kg당 850달러로 잡혀 있네요.

"가격이 많이 올랐네요?"

-우리가 가진 게 국산이랑 일본제품뿐이라서 그럴 겁니다.

터치스크린의 원자재인 인듐 계열 자재들은 대부분 중국에서 수입해서 사용한다. 가격에서 많은 차이를 보이기 때문이다.

하지만 이 정도면 해볼 만할 것 같았다.

"거기에서 10% 할인 들어가면, 765달러인가요?"

-그렇기는 한데… 누가 사 준대요?

"네! 판매처 찾았습니다."

-아! 그래요?! 그럼 우리가 운반까지 해서 760달러에 맞춰 주세요.

"알겠습니다!"

곽 대리는 속으로 쾌재를 불렀다.

'와, 씨! 이게 된다고?! 팀장이 찍어 준 게 진짜 맞는 거야?!'

이 순간, 곽 대리는 생각한다.

어쩌면 신 팀장은 보통 인물이 아닐지도 모른다고 말이다.

제7장
**채찍**

앞으로 환율이 오를지 내릴지 가늠할 수 있는 방법은 많다.

그중에서도 한결이 선택한 방법은 바로 '채찍효과'를 역이용하는 것이었다.

양유진에게서 온 '여신회수 및 부실채권, 악성채무 보고서'를 받은 한결은 그것을 정독하고 여신과 채권의 데이터를 만들어 내기 시작했다.

'여신회수율이 점점 상승하고 있네요. 부실채권 비중도 제법 낮아졌고요. 물론 악성채무 비중은 그다지 큰 변동이 없지만요.'

–그래서, 이걸 뭐 어떻게 사용하겠다는 거야?

'채찍은 그 손잡이를 휘두른 힘이 점점 채찍의 끝으로 향하면서 전달되는 파괴력이 서서히 강력해지죠. 그걸 반

대로 얘기한다면 대한민국 기업들의 자금 유동성을 판별해서 미국에도 적용할 수 있지 않을까요?'

-오호? 계속해 봐.

'미국의 개인소비가 3% 줄면 소매판매는 13% 감소한다는 연구결과가 있었죠. 소매판매가 13% 줄면 산업생산은 20% 감소한다는 연구도 있었고요. 이는 결국 아시아, 한국의 산업 환경 및 증시에도 영향을 미치죠. 따라서 미국의 산업생산이 떨어지면 한국의 수출입 증가율도 급락한다는 겁니다.'

-그러니까 한국의 기업들이 자금 유동성을 확보하기 시작했다는 것은 결국 경기회복으로 귀결될 수도 있다고 생각한다는 거네?

'역순으로 추적하면 그렇다는 거죠.'

-역시 잔머리 하나는 참 잘 굴러가.

'하지만 단순히 자금 유동성 확보만으로는 가늠하기 어려운 부분이 많죠. 경제지표라는 것이 그렇게 쉽게 단정 지을 수는 없는 것이니까요.'

-추가 검증단계를 밟겠다는 뜻이냐?

'그런 거죠!'

-추가 검증을 어떻게…….

순간 차상식은 피식 웃음을 지었다.

-…아하! 재고소진으로 1차 검증을 하겠다?

'역시! 맞아요, 재고소진!'

―허참, 이놈 봐라?

'클레임 해결을 위한 계약이 진행되는 분위기, 그리고 그들의 태도에 따라서도 어느 정도 파악을 할 수 있죠. 주요수출 국가인 미국에 얼마나 물건이 많이 들어가는지, 원자재가 얼마나 모자라는지 말이에요!'

한결은 차상식에게서 배운 것을 절대 잊지 않았다.

그야말로 피와 살이 되는 수업이었으니 말이다.

'하지만 그것만으로는 안심할 수 없어요.'

―2차 검증까지?

'최소한 3차까지는 밟아 봐야 알 수 있지 않을까요?'

―그래서 2차 검증은 뭔데?

'우리와 거래하는 미국 유통업체들의 발주총액을 알아보는 거죠.'

―채찍을 완전히 역추적하겠다?

'그런 셈이죠?'

―그럼 3차는 유통업체에서 소매상들 발주총액을 알아보면 되겠군?

'그리고 마지막으로 재고수량까지 파악하면 끝!'

어설프게 진단하는 것보다는 미국의 발표보다 먼저 발품을 팔아 환율을 가늠하겠다는 것이 한결의 전략이었다.

차상식은 슬그머니 고개를 끄덕였다.

-나쁘지 않은데?

한결은 그 자리에서 바로 일어나 수출입관리부의 계약상황을 확인하기 위해 엘리베이터로 향했다.

엘리베이터 앞에는 함인국 과장이 서 있었다.

"어디 가시나 봐요?"

"아! 팀장님! 재무관리실에 잠깐 볼일이 있어서 말입니다."

"그래요?"

함인국은 한결이 지시한 일들을 무던히도 해내고 있었다.

딱히 뛰어나다, 모자라다는 느낌 없이 정말 물에 물 탄 듯, 술에 술 탄 듯이 일하는 스타일이었다.

-자기 색깔이 없다는 것만큼 안 좋은 것도 없지. 차라리 지적할 부분이 많은 사람은 발전 가능성이라도 있는데, 그것도 없는 사람은 일말의 희망조차 없다는 거잖아?

'그래서 아직까지 만년과장으로 남아 있는 것일까요?'

-글쎄다. 뭔가 사정이 더 있었겠지?

과연 함인국 과장은 이번 구조조정에서 살아남을 수 있을지, 한결은 그의 앞날이 어떻게 될지 자못 궁금해졌다.

§ § §

1차 검증은 아주 성공적이었다.

황 부장은 한결에게 계약의 진행상황에 대해서 알려 주

었다.

"이상하게 시장에 전체적으로 재고가 모자라다는 느낌이 들더군!"

"그럼에도 불구하고 우리의 재고가 이만큼이나 쌓인 이유는 도대체 뭘까요?"

"중국의 저가공세, 투자기획 실패 아니겠어?"

"아! 하긴 얼마 전까지만 해도 중국의 저가공세가 심각했는데 투자까지 계속 죽을 쑤었으니 그럴 만도 했겠네요!"

"타이밍이 아주 좋았어! 그나저나 선물환 기획은 어떻게 되어 가고 있어?"

"아직은 속단하기 일러서 뭔가 말씀드리기가 어렵네요. 하지만 일단 카운터 파트너는 구했습니다."

"그래?"

"여러모로 알아봤는데 그쪽보다 좋은 조건은 별로 없는 것 같아서 일단 후보 1순위에 두고 있습니다."

"좋아, 좋아! 그럼 이번에 선물환 결제만 제대로 되면 우리도 대박 치는 것이겠지?"

"최선을 다해 보겠습니다!"

재고가 모자란 것이 만약 미국시장으로의 수출 때문에 생기는 현상이라고 한다면 환율은 상승할 여지가 있다. 소비가 늘고 기업들의 실적이 상승하면 인플레이션 압력을 낮추려는 노력에 힘이 실릴 수 있기 때문이다.

다만 이것은 아직 단면적인 조사결과에 불과했다.

한결은 곧바로 미국계 유통업체들의 발주총액에 대해 알아보았다.

이번에는 수출입관리부의 유통관리과를 찾았다.

"미국… 유통업체 발주… 총액이요?"

"네! 좀 알아볼 수 있을까요?"

"…잠시만."

유통관리과장 진유림은 말이 너무 느려서 나무늘보라는 별명을 얻었다.

타다다다닷!

하지만 그녀의 손은 그 누구보다도 빨랐다.

'…타짜 해도 되겠는데?'

―저 아가씨는 도박 쪽으로 나갔으면 대성했을 재능인데! 크! 현란하다!

진유림은 보고서를 찾고 빈칸을 채우는 데 불과 15분밖에 걸리지 않았다.

그녀는 한결에게 '미국 유통업체 수주총액'이라는 제목의 보고서를 만들어서 건네주었다.

"여기……."

"고맙습니다!"

"…그런데 이건… 왜?"

"앞으로 환율이 어떻게 될지 좀 추적해 보려고 합니다!"

"아… 그럼 이것도…….."

진유림은 다시 타이핑을 시작했다.

타다다다닷!

어쩐지 아까보다 훨씬 더 빨라진 그녀의 타이핑 실력에 한결과 차상식은 그저 입을 쩍 벌리고 서 있을 뿐이었다.

잠시 후, '미국발 반품총량 보고서'라는 제목의 보고서를 건네주었다.

"…이 안에 재고랑… 반품물량들이 다… 들어 있어요…….."

"아, 반품!"

"때에 따라서는… 반품을 해 주는 경우도 있는데, 무역의 특성상 완제품은… 수입사에서 처리하는 편이고요…….."

행동만 느리지 일처리 하나는 확실한 사람이었다.

-겉만 나무늘보지 하는 행동은 똑순이 그 자체인데?

'가능하다면 우리 팀으로 데려오고 싶을 정도네요!'

-큭큭! 결국엔 하렘을 건설하겠다는 거 아니야? 그치?!

'…아, 진짜. 연애프로그램 MC처럼 왜 그래요? 아저씨들은 원래 다 그런가?'

-너도 나이 먹어 봐, 인마!

'어디 무서워서 나이 먹겠나, 이거?'

-그나저나 저 아가씨 덕분에 변수에 대해서 알아냈네?

'그러게요. 나무늘보 과장이 아니었으면 꼼짝없이 당할 뻔했어요.'

때론 스스로에게도 뒤통수를 맞기도 한다.

사람이란 무릇 모든 것을 신처럼 완벽하게 컨트롤할 수 있는 생명체는 아니기 때문이다.

§ § §

자리로 돌아와 수출입관리부에서 받은 보고서들을 천천히 살펴보는 한결은 깜짝 놀랐다.

보고서 내용은 너무나도 뜻밖이었다.

"수주총액은 30% 정도 늘어났는데 반품이 두 배 이상 늘었네요? 재고현황도 꾸준히 상승하는 중이고요."

-다소 역설적인 상황에 직면해 버렸네?

한결은 고민에 빠질 수밖에는 없었다.

생각한 것과는 그림이 너무나도 달랐기 때문이다.

가만히 생각에 잠겨 있던 한결은 돌연 전임 팀장이 작성했던 IM을 찾았다.

"아, 그래! IM! 이 결과도 결국에는 전임 팀장이 짠 기획의 나비효과로 일어난 거였잖아요!"

-생각보다는 일찍 깨달았네?

한결은 당장 IM을 찾아 정독하기 시작했다.

IM에는 미국으로 들어가는 원료, 부품 등을 마련하기 위해서 자원개발을 실시하고 중소기업에 투자한다는 내용의 기획이 나와 있었다.

한데 이중 절반 이상은 부실기획이었다. 또한, 시세조작으로 인한 재고 축적도 상당히 많았다.

"그러니까 수주총액만 맞고 재고증가는 삽질과 작전주 형성으로 인해 생겨난 것이라는 소리네요?"

—보고서상으로라면 그렇겠지?

"그렇다면 반품도 역시 같은 이치인 건가? 삽질 때문에?"

—…….

"…아니지, 애초에 수출조건 미달 상품이 선적됐을 리가 없죠. 다른 건 몰라도 대미수출에 대한 품질관리가 얼마나 엄격한데?"

아무래도 반품, 재고상승만으로는 추측하기 어려울 것 같다.

다시 장고에 들어갔다.

바로 그때, 한결의 뇌리를 스치는 한 장면이 있었다.

"…재고? 클레임?! 아, 중국!"

중국발 클레임 사태였다.

당장 클레임 관련 보고서를 읽어 나갔다.

[대중 클레임 : 419건]

[중국으로 인한 클레임 : 501건]


"클레임이 많아진 이유가 있겠죠. 그래, 맞아……."

―오호?

한결은 중국의 항만 가동률에 대한 통계를 조회해 보았다.

현재 중국 항만은 가동률 210%를 넘나들고 있었다.

"평균 대기시간 25일…. 그 엄청난 규모의 상해 항만이 이 정도면 다른 항구는 아예 발 디딜 틈도 없다는 얘기잖아요?"

―명절날 고속도로에서 10중 추돌사고 난 꼴이겠지.

드디어 답을 찾았다.

"중국에서 클레임이 자꾸 걸리는 이유를 알아냈어요! 미국의 소비지출이 늘면서 소매상들의 수입비중이 계속 높아지고 있었던 거예요!"

―재고부족으로 인해 불량률이 늘어났고, 결국 B급 부품이 한국으로 들어올 수밖에는 없었다?

"중국 입장에서도 큰손은 결국 미국이니까요!"

차상식은 슬그머니 고개를 끄덕였다.

―60점. 네가 생각한 결론으로 보고서를 쓴다면 나는 60점을 주겠어.

"엥? 왜 그렇게 짜요?"

-답은 맞는데 근거가 약간 부족해. 추론은 맞는데 정보의 진위여 부가 약간 애매하달까?

"끄응……."

차상식은 피식 웃더니 한결에게 정답지를 주기로 했다.

이 정도까지 밝혀냈으면 답안지를 확인할 자격이 있다.

-그거 켜 봐.

"보물창고요?"

-시도는 좋았는데, 아직 증빙자료가 부족해. 내가 봤을 때, 너는 이 회사를 떠나기 전에는 제대로 성장하긴 어려울 것 같아. 일단 IX인터에서는 기초내공을 쌓는 데 집중하고, 이직해서 제대로 된 투자자 활동을 하는 게 낫겠어. 그동안 돈이나 차곡차곡 잘 모으라고.

"…아쉽네요. 짜임새가 있다고 생각하긴 했는데, IX인터에서는 맞지 않은 방법이었나 봐요."

-그래, 그 말이 맞네. IX인터에서는 맞지 않은 방법이다. 하지만 IX인터에서 제대로 된 정보를 찾는 것도 쉬운 일은 아니야. 여기서 건질 수 있는 것이라면, 네가 앞으로 자산을 축적하는 데 필요한 것 정도이겠지. 앞으로는 그 이상에 대해서는 너무 고민하지 마. 대가리만 졸라 아플 뿐이야.

"뭐, 이것도 나름대로는 경험이었으니까요. 전 괜찮습니다!"

-새끼는 타격이 정말 1도 없는 녀석인가 보네.

강심장은 실패에서 빠져나오는 시간도 짧다. 그것은 어쩌면 강심장이 가진 최고의 재능일지도 모른다.

-자, 그럼 검색을 해 보자. 달러화 흐름이라고 쳐 봐.


[검색어 : 달러화 흐름]

[결과 : 11개]


-다른 정보들보다는 결과가 적지?

"그러네요. 이 정보가 유난히 비싸서 그런가?"

차상식은 한결의 추측에 피식 웃었다.

-많이 날카로워졌는데?


§ § §


-달러화의 흐름을 예측하는 정보는 상당히 비싸. 그나마도 사용기한이 무척이나 짧지.

"하긴 달러화의 흐름을 그렇게 쉽게 감지할 수 있다면 전부 부자가 되었겠죠?"

-물론이지.

"그렇다면 정보를 얻는 타이밍은 물론, 쓰는 타이밍도 중요하겠네요. 이미 지나간 정보라면 써먹을 수조차 없는 거잖아요?"

−철 지난 정보는 그저 비싼 휴짓조각일 뿐이다?

"그러지 않을까요?"

차상식은 고개를 가로저었다.

−과거를 알면 미래가 보인다고 하지. 철이 지난 정보라고는 하지만, 그 정보를 역추적한다면 현재의 달러화 현황을 파악할 수 있어. 방금 전까지 네가 한 것처럼.

"아!"

−내가 굳이 60점짜리 정답을 찾는 삽질 퍼레이드를 멈추지 않는 이유도 바로 그런 것 때문이었고. 만약 네가 제대로 된 근거를 가지고 역추적을 시작했다면 분명 100점짜리 정답을 찾았을 테니까.

"그렇다면 지금까지 철 지난 정보들은 어떻게 하셨어요?"

−차곡차곡 잘 모아 놓았지. 나중에 때가 되면 네게 그 휴지통 사용법을 알려 주도록 하마. 철 지난 정보라도 사용하기에 따라선 수백억의 가치를 지닐 수 있다는 걸 명심해.

차상식은 정보의 중요성을 다시 한번 역설했다.

−그럼 오늘 활용할 정보에 대해서 알아보자. 이번에 네가 정독해야 할 정보는 올해 여름에 작성된 거야.

폴더 안에 들어 있는 것 중 여름에 작성된 것은 하나뿐이었다.

[오일 오브 아메리카 이사회 회의록]

"오일 오브 아메리카?! 이걸 어떻게 손에 넣으셨어요?"

-나도 한때는 주주였고, 그쪽으로 친구들이 꽤 있으니까.

"허! 발이 무지하게 넓으시네요?"

-아무튼 간에 한번 열어 봐. 앞으로 대충 환율이 어떻게 움직일지 감이 올 거다.

회의록을 연 한결은 자기도 모르게 살짝 미간을 찌푸렸다.

회의록에 기록된 날짜는 지금으로부터 2년 전의 것이었기 때문이다.

"어! 이건 2년 전에 기록한 거잖아요?"

한결의 항의에 차상식은 혀를 찼다.

-거참! 넌 인마, 상식적으로 좀 생각해라. 석유재벌이 과연 한 해 계획만 가지고 장사를 할 것 같냐?

"아?!"

-지금까지 다소 변수는 있었지만, 어지간하면 그 친구들의 계획은 틀어진 법이 없었어. 물론 저 친구들의 계획을 알아낸다고 해도 이를 뒤집을 방도는 없겠지. 하지만 최소한 올해 말에 환율이 어떻게 되는지는 가늠할 수 있어.

"……판매전략의 수정이라든지, 뭐 그런 것으로요?"

–아니, 정부의 기조를 어느 정도 파악할 수 있거든.

"아하!"

–다만 한 가지만 명심해라. 이사회 회의록에 있는 내용도 극히 일부분에 불과해. 이것으로 할 수 있는 것에는 분명 한계가 있다는 거, 그걸 잊지 마.

"환율을 추정할 근거만 있다면 충분해요."

머나먼 미래의 환율변동까지는 필요 없다.

앞으로 딱 한 달, 한 달 내의 환율변동 흐름만 알아낼 수 있다면 선물환으로 최소 3~4% 수익은 볼 수 있을 것이다.

그리고 이 정보는 정말 딱 한 달 뒤의 환율변동을 예측할 수 있을 자료였다.


[…상무부의 계획하에 소비자물가지수가 1% 이상 상승하면 석유생산을 5% 이상 감산한다…]

[…12월 선물과 옵션 만기일이 겹치는 날에 석유생산을 정상화한다…]

[만약 위와 같은 흐름이 생기지 않을 시에는 플랜B를 시행한다.]


이사회 회의록에는 정부가 지시한 석유생산에 대한 지시사항이 적혀 있었다.

–당시에는 전 세계가 거의 디폴트 위기에 직면해 있었거

든. 석유회사들도 경영이 어렵기는 마찬가지였어. 얼마나 심각했으면 석유 선물가격이 마이너스를 찍었을 정도니까.

"흠…… 그래서 석유재벌들은 정부의 지시대로 움직일 수밖에 없었던 것이군요?"

―맞아, 심지어는 다양한 플랜을 통해서 끝도 없는 경우의 수에 대응할 수 있도록 준비되어 있었지.

"그래서 아저씨가 이 회의록은 달러화 상승장의 극히 일부분에 불과하다고 한 거구나! 전체적인 경제 흐름에 기반해서 나온 선택지였으니까요?"

―만약 예전의 나였다면 이 정도 정보라면 아주 시장을 뒤흔들어 놓을 수도 있었겠지. 하지만 이제는 그럴 수 없게 되어 버렸어.

"어, 그럼 나도 이참에 크게 한탕 땡기는 것도 가능하지 않을까요?"

차상식은 고개를 가로저었다.

―…인마, 그러다가 바로 깡통 차고 서해 용왕 만나는 수가 있어. 석유재벌쯤 되는 작자들이 자신들의 플랜을 흔들 수 있는 이레귤러를 가만 놔둘 것 같아?

"헉!"

―내가 저번에 얘기했지? 정보를 손에 넣는다고 해도 그것을 감당할 정도의 능력이 뒷받침되어야 활용이 가능할 거라고.

한결은 잠시 자신이 생각한 약간의 꼼수는 접기로 했다.

"확실히 그건 그러네요."

—아무튼 간에 이 정도면 확실한 선물환 투자의 근거는 마련할 수 있겠지?

"그렇다면 보고서에는 지금 습득한 정보를 완곡하게 에둘러서 넣도록 할게요."

§ § §

한결이 작성한 선물환 보고서가 안 상무에게 전달되었다.

투자본부장 집무실에 보고서 제출차 들른 황 부장도 한결의 선물환 보고서를 함께 읽었다.

"…좋은데?"

다른 감탄사는 나오지 않았다. 한결의 보고서는 그야말로 '좋은' 보고서의 표상이었기 때문이다.

"텍사스 중질유 시장으로의 인력이동, 자금이동……. 이야, 이것으로 증산을 생각해 내다니. 아주 날카로워!"

차상식에게서 얻은 정보를 잘 포장해 낸 것이었다.

—포장하는 기술이 제법 늘었어?

'이 바닥에서 몇 년 구르다 보니 나도 이제는 포장기술자가 다 되었네요.'

단순한 증산정보를 취하는 것은 극히 어려운 일이지만, 현재의 경제상황을 전제로 텍사스 중질유 시장으로의 노동력 유입 규모를 추적해 증산정보를 캐내는 것은 어렵지 않다.

물론 그것도 기반정보가 탄탄했기에 가능한 이야기다.

"아무튼 간에 선물환은 상승 포지션이라는 거지?"

"그렇습니다!"

"오케이! 그럼 이렇게 해서 선물환 결제로 이번 재고는 털어 내는 것으로 하자고."

본부장의 결재까지 떨어졌으니 남은 것은 선물환 계약 후, 결과를 기다리는 것뿐이다.

보고를 마치고 돌아서려는데 본부장이 한결에게 물었다.

"자네 휘하로 들어간 사람들은 좀 어때?"

"어…… 다 괜찮습니다."

"음! 그래? 지금 구조조정 종합평가를 하려는데, 자네 팀은 이상 없다, 이거지?"

현재 사내에서 한결에 대한 평가는 수직상승을 달리고 있다. 실적과 성과로 능력을 증명하고 있기 때문이었다.

만약 한결이 휘하의 인원이 마음에 들지 않는다는 의사표명을 한다면 회사는 가차 없이 팀원들을 잘라 낼 것이다.

한결에게 도움이 되지 않는 인력은 가치가 없다고 판단할 것이기 때문이다.

그렇게 팀원들을 쳐내고 이명선만 남게 된다면 잡일은 늘어나겠지만 머리 아플 일은 없을지도 모른다.

하지만 한결은 잘라 내기보다는 길들이기를 선택했다.

그 결과가 나오기까지는 보류다.

"네, 이상 없습니다!"

"그래, 잘 알겠네."

§　§　§

IX인터내셔널이 운영하는 대전의 복합물류 기지에는 해외 각지에서 밀려드는 수입품들이 즐비했다.

주진혁 대리는 물류 관계자를 만나 비용절감에 대해 논의했다.

"…그러니까 미국에서 들어오는 물건을 마산항에 적재하면 비용이 절감된다는 뜻이잖아요?"

"그래요! 남해안에서 받아 가지고 마산에 적재하면 되는 걸 가지고 왜 굳이 이 먼 대전까지 올라오냐고요."

주 대리는 팀장이 체크한 리스트에 대한 점검을 진행 중이었는데, 정말로 총비용의 0.1%를 절약할 수 있는 조정방안이 하나씩 있었다.

'이 인간, 도대체 정체가 뭐야?'

어떻게 사무실에 앉아서 자료만 들여다보는데 회사 돌아

가는 사정을 훤히 다 꿰뚫을 수 있단 말인가?

주 대리는 보고서 작성 리스트에 물류조정에 대한 기획도 함께 넣기로 했다.

대전에서 곧바로 마산으로 향했다.

마산항은 과거 IX인터가 70~80년대에 마산항 개발 기조에 따라 대규모 창고 건설을 추진했던 곳인데, 규모로 따진다면 대전의 창고보다 족히 여섯 배는 더 넓을 것이었다.

"…직접 보니 엄청 크네?"

"크죠? 이렇게 큰데 지금 물건이 절반도 채 안 차서 놀고 있는 창고가 수두룩하다는 거 아닙니까?"

주 대리는 황급히 체크리스트를 확인해 보았다.

진짜로 각 구역에 적재할 물건들만 잘 조절해도 총 21개 품목들이 0.1%의 마진조정을 받을 수 있다.

모두 합치면 2%대 조정이 가능하다는 의미다.

'이것도 계산에 들어간 건가?! 이게 진짜로 가능하다고?'

주 대리는 지금까지 자신이 뭔가 크게 착각하고 있었다는 것을 알아차렸다.

팀장은 어쩌면 IX인터에서 가장 튼튼한 동아줄일지도 모르겠다는 생각이 들었다.

그것도 모르고 학벌만 가지고 평가절하해 들이받을 생각만 했던 과거의 자신에게 죽빵을 갈기고 싶어졌다.

주 대리는 현장에서 물류조정을 해 놓고 조정기획서를 정리해 클레임 회사에 넣을 제안서까지 마무리했다.

홀가분한 마음으로 회사로 복귀하자 동기이자 팀 내 식구인 곽 대리가 다가왔다.

"이봐, 주 대리!"

"곽 대리? 어쩐 일이야?"

곽 대리는 씁쓸한 표정으로 프린트물을 내밀었다.

"팀장… 님 말이야, 우리 목숨을 살려 주셨더라."

곽 대리가 내민 프린트물을 받아 읽은 주 대리는 입을 쩍 벌렸다.

"레알?"

"네가 읽은 그대로야."

"허!"

"지금까지 우리가 뭔가 크게 착각하고 있었던 게 아닌가… 그런 생각이 드는데?"

주 대리는 황급히 주변을 살폈다.

"팀장님은?!"

"방금 전에 나가셨지."

"……가자."

"어딜?"

"팀장님한테!"

§ § §

그야말로 폭풍 같이 몰아친 업무를 마무리하고 일찌감치 퇴근길에 오른 한결은 묘한 피로감을 느꼈다.

'어우! 오늘은 소주 한잔해야겠어요.'

-크흐! 소주! 소주 좋지!

'그런데 아저씨는 그 많은 돈 놔두고 웬 소주예요? 명주(銘酒)라 불리는 비싼 술도 부담 없이 마실 수 있지 않았어요?'

-네 말마따나 나도 이 세상에 있는 온갖 명주는 다 마셔봤지. 그런데 일 끝내고 한잔할 때는 이 소주만 한 게 없더라고.

'재미있네요. 억만장자가 되어도 결국 소주로 리턴이라…….'

-솔직히 돈은 살아가는 데 불편하지 않을 정도만 있으면 되는 거야. 그 이상은 뭔가 다른 이유가 붙기 마련이지. 그리고 대부분은 욕심이고.

'뭐, 확실히 그건 그렇겠네요.'

-그나저나 안주는 뭐로 할 거냐? 날씨도 꾸물꾸물한데, 파전 어때?

'파전도 나쁘진 않은데…… 오늘은 왠지 해물탕이 끌리네요.'

-해물탕? 해물탕도 좋지. 내가 죽이는 맛집 추천해 줄
게.

한결은 차상식이 추천한 해물탕집으로 향했다.

구불구불 굽은 골목을 따라 들어가서야 겨우 만날 수 있
는 허름한 노포(老鋪)에 사람들이 줄을 서 있었다.


[향이네 해물탕]


'초저녁인데 사람이 엄청 많네요.'

-내 생각에 이 근방에서 제대로 된 전라도 해물탕집은
여기뿐이야. 뭐, 그래도 현지 맛집만큼은 아니지만.

'헤에? 그렇게 맛있나요?'

-아무래도 재료 차이가 커. 특히 해산물은 산지를 따라
갈 수 없으니까. 아! 죽기 전에 한 번 다녀올걸……. 쩝!

'나중에 한번 가 보죠, 어려운 일도 아닌데.'

-진짜?!

그렇게 노닥대는 사이 드디어 자리가 났다.

한결은 종업원의 안내를 받아 구석진 곳으로 들어갔다.

"해물탕 소짜 하나랑 소주 한 병 주시고… 잔은 두 개 주
세요."

"일행이 있으세요?"

"아니요, 저 혼자에요."

"어… 네, 알겠어요!"

혼자서 소주잔 두 개를 달라는 사람은 드물긴 하겠지만, 딱히 어렵거나 문제 될 일은 아니었다.

종업원은 고개를 갸웃거리며 주방으로 들어가더니 곧바로 약간의 밑반찬과 함께 소주 한 병과 잔 두 개를 가져와서 세팅했다.

끼리릭!

한결은 잔을 자신 앞에 하나, 맞은편에 하나를 놓고 소주를 따랐다.

-…나 주는 거야?

'마시지는 못해도 분위기는 낼 수 있잖아요?'

-짜식이…….

'그렇다고 감동까진 하지 마시고요. 우리가 그런 사이는 아니잖습니까?'

-그건 또 그러네. 에잇, 마시지도 못할 술은 왜 따르냐, 아깝게시리. 큭큭큭!

'자, 그럼 한잔하시죠. 짠!'

헌배(獻杯)를 하듯 눈 위치까지 잔을 들어 올린 한결이 단숨에 소주를 들이켰다.

그리고 차상식을 위해 마련한 잔까지 재차 마셨다.

바로 그때였다.

찌릿!

왠지 뒷골이 약간 찡하는 느낌이 들었다.

그러자 차상식이 연신 입맛을 다셨다.

-캬아…… 어?

'왜 그래요?'

-…소주 맛이 느껴지는 것 같은데?

제8장
단합

한결은 차상식이 헛소리를 한다고 생각했다.

'큭큭! 진짜 분위기파야! 마시지도 않은 술맛이 어떻게 느껴져요?'

ㅡ그, 그런가?

한결은 키득거리며 다시 잔을 채우기 시작했다.

'자, 그럼 두 잔째!'

ㅡ…야, 이번에도 한 번만 더 마셔 봐.

'뭘요?'

ㅡ내 잔 말이야. 한 번만!

'어우, 깡소주로 두 잔씩 마시면 취하는데…….'

ㅡ자, 쭈욱! 쭈우우욱!

한결은 하는 수 없이 다시 한 번 헌배 후 자신의 잔을 비운 뒤, 차상식의 잔도 비웠다.

찌릿!

'어?'

－크흐! 술맛 죽인다! 야, 이거 뭐냐?!

차상식은 세상에서 제일 행복해 보였다.

순간 차상식의 모습이 약간 흐릿해졌다가 다시 또렷해졌다.

'…아저씨, 방금 신영이 흐려졌었어요.'

－진짜?

'한이 풀어지면 성불한다는 게 진짜인가 본데요?'

－네가 내 억울함만 풀어 준다면 알아서 성불하는 시스템인가 보다!

'허… 이런 일이 다 있다니?'

－그럼 지금은 감이 좀 어때? 더 날카로워졌어?

'감?'

－지금까지 쭉 봐 왔는데 말이지, 내가 기분이 좋을 때에는 꼭 네 감이 좀 날카로워지는 것 같은 느낌이 들더라고.

'맞아요! 그러고 보니 정말 그랬었네?'

－어때? 감이 좀 와?

살며시 눈을 감자 뭔가 감각이 예민해지는 느낌이 든다.

'…잘은 모르겠는데 머리가 더 잘 돌아갈 것 같은 느낌은 들어요.'

－이거 뭔가 대박의 느낌이 들지 않냐?!

'그리고……'

-그리고?

'두 사람이… 오는데요?'

-엉?

눈을 떠 보니 두 남자가 한결의 앞에 서 있었다.

"…팀장님?"

"어, 주 대리랑 곽 대리?"

-뭐야, 진짜로 두 사람이 왔네? 야, 이거 뭐냐?! 잘하면 요긴하게 써먹을 수도 있겠는데?

너무나도 뜻밖의 일이었다.

두 사람이 올 것을 알아맞힌 한결은 조금 얼떨떨한 표정이 되었다.

"잔이 두 개인데, 혹시 일행 있으십니까?"

"아? 아니요, 저건 제 스승님의 잔입니다. 생전에 여기 단골이셨다고 해서……."

"그, 그러셨군요."

"그나저나 두 사람도 여기 단골인가 봐요?"

한결의 말에 두 대리는 눈빛을 교환하는가 싶더니 각오를 다진 얼굴로 입을 열었다.

"사실은 드릴 말씀이 있어서 왔습니다."

"…내게요?"

밖에서 우연히 만난 줄 알았더니 그게 아닌 모양이다.

두 대리는 어쩐지 좀 상기된 표정이다.

"그… 괜찮으시다면 합석해도 될까요? 드릴 말씀도 좀 있고."

"그럽시다. 앉아요, 내가 살 테니."

관계가 딱히 좋다고는 할 수 없어도 한결은 두 사람의 상사다. 이런 자리에서는 윗사람 노릇을 하는 것이 옳다.

자리에 앉은 두 사람은 한결에게 꾸벅 고개를 숙였다.

"그간 죄송했습니다!"

"네? 뭐가요?"

"…저희가 팀장님을 오해했습니다."

"음… 오해랄 게 뭐 있나요?"

"팀장님의 능력을 운이라고 여겼습니다. 그래서 시기한 마음이 컸습니다. 그런데 팀장님의 능력을 실감하니 감히 시기할 인물이 아님을 깨달은 거죠."

"내가요?"

"팀장님은 비즈니스의 신입니다!"

"엉?"

뭔가 생각한 것과 다른 방향인 것 같지만, 그래도 정신을 차린 것 같으니 다행이라면 다행이었다.

－큭큭! 뭐, 저렇게까지 오바를 떠냐?

'어휴! 텐션이 높아도 너무 높은데요?'

－그래도 잘됐지. 자기 깜냥을 깨닫고 너한테 붙어야 살 수 있다고 판단한 거니까.

두 대리는 한결에게 연신 고개를 조아려 댔다.

"살려 주셔서 감사합니다!"

"어, 어?! 왜 이러세요?! 사람들이 보잖아요!"

한결은 당황했지만, 주 대리가 내민 '구조조정 확정 인사 이동명령서'라는 내용의 프린트물을 보고 바로 이해했다.


[투자기획팀 확정]

[팀장 : 과장 신한결]

[부팀장 : 대리 이명선]

[팀원 : 함인국, 주진혁, 곽도철, 권미림, 도희진]


"…주변 지인들에게 알아보니 본부장님께 팀원이동을 동결하겠다고 말씀하셨다고 들었습니다."

"뭐, 그야……."

"주제를 알지 못하고 시건방을 떨었음에도 불구하고 기회를 주셔서 감사합니다. 충성을 다하겠습니다."

두 사람에게서 진심이 느껴졌다.

직감이 최고조에 이른 지금, 한결은 확신할 수 있었다.

한결은 주 대리와 곽 대리의 잔에 소주를 따라 주었다.

"한잔합시다. 마시고 잊어버리자고요!"

"…평생 잊지 않겠습니다!"

드디어 팀의 주전선수들을 얻었다.

§ § §

선물환 계약이 진행되면서 재고회전도 함께 이뤄졌다.

"재고 관련 계약 진행률이 무려 90%라고 합니다. 이제 우리가 가진 악성재고는 현행기준 10%에 불과하다는 거죠."

"그 10%를 어떻게든 팔아먹으면 만사 해결이라는 거네요."

아침 회의에서 나온 중간진행 현황 보고에 한결은 고민했다.

원래 어떤 일이든 마지막 마무리가 난해한 법이다.

그때 주 대리가 손을 번쩍 들었다.

"팀장님! 제가 잘 아는 대만계 무역상이 있습니다. 줄을 좀 대 볼까요?"

"대만?"

"요즘 대만, 홍콩에 반도체 수요가 엄청나게 급증하고 있잖습니까? 재고소진은 물론이고 잘하면 좋은 가격으로 더 많은 물량을 소모할 수 있을 겁니다."

"좋은 계획이네요. 그럼 나머지 10%는 주 대리가 처리하는 것으로 합시다."

"네!"

이제 주 대리는 완전히 한결에게로 돌아섰다.

그것은 곽 대리 역시 마찬가지였다.

"저번에 지시하셨던 원자재 매각 관련 안건 말인데요.

울산에서 5% 프리미엄 붙여서 매입하겠다는 회사를 찾아 냈습니다."

"이야, 고생 많았어요! 전국팔도를 일일이 다 뒤지고 다 녔나 보네. 정말 수고했네요!"

"별말씀을요. 이따가 소주나 한잔 사 주시죠!"

"그럽시다!"

드디어 한 팀이라는 느낌이 들기 시작했다.

물론 그에 반해 아직도 어색한 사이도 존재했다.

"미림 씨랑 희진 씨는 보고서 정리 끝냈어요?"

"…아직 진행 중입니다. 금방 끝내겠습니다!"

주 대리가 인상을 찌푸렸다.

"아니, 오더 내린 지가 언젠데 아직도 못 끝낸 거야. 제 대로 안 해요?"

"…죄송합니다!"

"저 친구들은 제가 책임지고 잡도리하겠습니다. 팀장님 은 신경 쓰실 필요 없습니다."

중간관리자가 생기면 여러모로 편해지기 마련이다.

-애들이 자질도 괜찮고 능력도 쓸만해. 제법 좋은 선택 지를 골랐어.

'그나저나 의외로 함 과장이 무던하게 잘 따라와 주네요?'

-팀에서 존재감은 별로 없지만, 그렇다고 성과도 모난 데 없고……. 사실 팀장 입장에선 무난한 인력이지. 딱 국

밥 같은 타입이랄까.

어떤 상황에서든 자기 밥값을 해내는 인재는 쉽게 보기 어렵다.

상사의 입장에선 계산이 서는 인력은 관리가 편하기 마련이다. 그런 면에서 본다면 함 과장은 팀 내의 허리 역할을 제대로 해 줄 수 있는 인물이었다.

"자! 그럼 본 게임으로 넘어갑시다!"

"본 게임이요?"

"내가 자산운용실에 당한 것이 좀 있거든요!"

적당히 엿 먹이긴 했지만, 원래 빚은 이자를 얹어서 갚는 것이 예의이자 범절이다.

한결은 두 번째 투자기획 쇄신을 단행할 생각이다.

§ § §

점심시간을 이용해서 MTS를 켠 한결은 여유롭게 투자성과를 집계해 보았다.

[스피드 증권 달러화 선물 인덱스]

[자산평가총액 : 71,201,000원(KR/W)]

[스피드 증권 위안화 인버스]

[자산평가총액 : 81,230,111원(KR/W)]

[수익 합계 : 32,431,111원(KR/W)]

'나쁘지 않네요.'

–달러화가 오르고 있다는 신호이니 나쁠 것 없지. 게다가 지수펀드는 포인트로 가격이 움직이는 것이니까 지금과 같은 시기에는 수익률도 상당히 높을 거고.

'짭짤한데요?'

–그럼 조만간 소주 한잔 사!

'소주 한번 맛보더니 아주 재미 들리셨네?'

차상식이라는 술친구는 한결에게도 좋았다.

귀신과 대작한다는 것이 신기하긴 했지만, 생각보다 술자리가 나쁘지 않았다.

말이 통하는 술친구는 귀한 법이다.

이번에는 장외시장 투자성과에 대해 알아보기로 했다.


[백설 파인세라믹]

[자산평가총액 : 1,667,342,133원(KR/W)]

[수익률 : 233%]

–랠리 시작이네. 이러다가 상장주식이 되는 거야. 백설 파인세라믹이야말로 급등주 중에서도 단연 최고의 종목 아니겠냐?

'대박!'

세 배 상승의 기염을 토한 백설 파인세라믹이었지만, 이것은 그저 시작에 불과하다는 것이 차상식의 진단이었다.

─어차피 이 주식이 밑바닥에서부터 시작했잖냐. 넌 그 바닥에 5억이나 꽂아 넣었으니 최소 50억까지는 건질 수 있지 않을까 싶은데?

'와! 이게 진짜 주식이라는 거구나!'

─그나저나 이제 슬슬 판이 커질 텐데, 본인 계좌로 감당할 수 있겠냐?

'본인 계좌라니요?'

─주식으로 돈을 버는 건 좋은데, 넌 너무 벌고 있어. 200%씩 수익을 내는 투자자의 경우는 수상쩍게 볼 수밖에 없거든. 지금이야 잔챙이지만, 100억 대 투자를 한다고 생각해 봐. 자칫하면 금융감독원이나 공정위에서 따라붙을 수도 있고, 그렇게 되면 네 개인정보가 유출되는 건 순식간이야.

'아! 확실히 그건 그렇겠네요! 잘못하면 나한테 털렸던 놈들이 해코지를 할 수도 있을 거고.'

─그래, 그게 문제지. 이 새끼들은 개인정보 알기를 개ㅈ으로 알아요. 그러다 사고가 터져도 지들이 문제 될 건 없다는 거지.

주식과 관련된 사건사고는 비일비재하다. 그중에서는 살인사건도 적잖이 존재했다.

돈이 오가는 주식판에서는 부모형제도 못 알아본다는 말이 있을 정도인데, 아무런 접점이 없는 남이라면 오죽하겠는가.

—이참에 계좌를 이분화하자.

'이분화요?'

—어차피 사모펀드로 버스를 타려면 본명계좌만 가지고는 절대 급물살에 올라탈 수가 없어.

'아하!'

—내가 예전에 재미로 굴렸던 차명계좌가 있어. 증권사 아이디로 연동된 계좌니까 그쪽으로 거래하면 되겠네.

'그런데 이거 정말 괜찮은 거 맞아요? 금융실명법 위반인데…….'

—그럼 날개도 펼치기 전에 칼침 맞아 보실?

'그건…… 절대 아니죠!'

—그럼 그냥 이 아저씨가 시키는 대로 차명 아이디나 잘 굴려 봐.

'일단 알겠어요.'

한결은 차상식에게서 아이디를 받아 로그인을 시도했다.

한데 너무 오래되어서 로그인 자체가 불가능했다.


[…실명인증을 해 주세요]


—아차차차, 이게 안 쓴 지 한 5년쯤 된 아이디였던가?

'그럼 어떻게 해요?'

—별거 아니야. 인증서로 로그인하면 될 거야. 저번에 말

했지? 나는 가상자산을 인증서로 관리한다고. 이것도 마찬 가지야.

　'잘 안 쓰는 아이디인데도 인증서로 관리를 했어요?'

　-잘못해서 해킹당하면 곤란하니까.

　'하긴 그건 그렇겠네.'

　-내 웹하드에 들어가면 인증서가 종류별로 있을 거야. 그중에서 증권사 인증서를 찾아서 다운로드 받으면 돼.

　한결은 차상식의 말처럼 인증서를 검색했다.


　[인증서 : 61개]


　인증서는 거의 종류별로 다 구비되어 있었다.

　'…인증서가 왜 이렇게 많아요?'

　-나중에 다 네게 필요한 것이라고만 알아 둬. 아무튼, 지금은 증권사 인증서만 받아서 깔아.

　'음, 잠시만요.'

　차상식의 말대로 스마트폰에 인증서를 받자 본인인증에 성공했다는 메시지가 떴다.


　[로그인 성공!]

　[투자귀신 님 환영합니다!]

　[계좌현황 : 312,001,111원(KR/W)]

[암호화 자산 : 150버트(버튼코인)]
[커뮤니티 등급 : 유일신(금강석)]


§ § §


한결은 차상식의 닉네임을 보곤 박장대소가 터져 나왔다.

'크하하하하! 닉네임이 투자귀신이에요? 어떻게 아이디를 지어도 이렇게 찰떡으로 지었을까?'

-그때는 말이다, 내가 어쩐지 내 뽕에 확 취해 있었거든. 제기랄, 닉네임은 한번 정하면 못 바꾼다는 걸 그때는 몰랐지…….

'돗자리는 내가 아니라 이쪽이 깔아야겠네요! 큭큭큭!'

-…그래, 놀려라! 놀려!

차상식도 놀라서 반발할 여지가 없었다.

그야말로 할 말이 없는 닉네임이다.

'그나저나 저 커뮤니티 등급이라는 건 뭐예요?'

-아, 저거? 예전에 케텔 시절에 만들어진 일종의 투자 동호회가 있었어. 그때야 한국에서 주식 한다는 사람도 별로 없어서 경영대 대학생들이나 초창기 펀드매니저들이 소통하는 창구 정도로 사용되었다고 볼 수 있지. 그런데 그게 90년대, 2000년대를 거치면서 주식판이 자꾸 커지다 보니까 대형 커뮤니티로 발전했거든. 그때 증권사에서 이 커뮤

니티를 인수해서 아예 HTS랑 연동시켜 버린 거지.

'역사가 엄청 기네요?'

─역사… 라고 해야 하나? 80년대 후반에 생긴 거니까 네가 태어나기 전이긴 하겠네.

'와! 아저씨 나이 짱 많다!'

─…내가 그랬잖냐, 내가 자식이 있었다면 너보다도 나이가 많을 거라니까?

'그래서 이걸로 언제까지 활동하셨는데요?'

─언제였더라? 2010년 이후로는 좀 뜸했으니까 10년도 넘었겠지? 그 이후로는 가끔 로그인만 잠깐씩 했었고.

'아무튼, 이게 아저씨가 처음 시작한 커뮤니티지만, 실명인증은 차명으로 했다는 거잖아요?'

─뭐, 그렇다고 볼 수 있지.

딩동!

한결이 로그인을 한 지 얼마 되지 않아 알람이 뜨기 시작했다.


[팔로워 '나산개미' (이)가 접속했습니다]

[팔로워 '대전창투' (이)가 접속했습니다]

[팔로워 '금빛쪽박' (이)가 접속했습니다]

[팔로워 '창이엄마' (이)가 접속했습니다]

……

'팔로워가 뭐예요?'

-그새 뭐가 많이 바뀌었네? 나도 잘 몰라.

'으음······.'

-아무튼 간에 앞으로는 이걸로 투자를 해 보자.

'어휴! 그나저나 취미로 하셨다더니, 무슨 5억씩이나 넣어 놓으셨어요?'

-내가 투자금을 빼놓고 우수리를 정리한다는 걸 깜빡했나 봐.

'···우수리? 5억이 우수리라고요?'

-나중에 너도 나 정도가 되면 알게 될 거다. 5억이 우수리인지 아닌지.


§ § §


선물환 결제일이 되자 IX인터는 최종적으로 재고정리 승인을 내렸다.

"수익률 8.7%, 재고회전율 100%입니다. 과장님의 승리입니다!"

"우리 모두의 승리죠!"

선물환 상승 기조를 읽은 한결은 매수 포지션에서 무려 4.1%의 이득을 취했다. 그리고 거기에 클레임 해결을 통해 조금씩 모인 이윤들이 합쳐져 8.7%의 전무후무한 재고정리 실적을 남기게 된 것이었다.

한결은 이 기세를 몰아 투자기획 쇄신 두 번째 프로젝트를 단행하기로 했다.

"듣자 하니 가장 문제가 되었던 부분이 원자재 수입이었다고 했죠?"

"그렇습니다. 원래는 자원개발부와 협업해서 해외시장의 원자재를 한국으로 수입했던 것으로 아는데, 지금은 어떻게 돌아가고 있을지 모르겠습니다."

"그거야 확인해 보면 알겠죠."

투자기획팀은 한결의 지시에 따라 일사분란하게 움직이기 시작했다.

"주 대리는 권 사원이랑 원자재 회사 리스트 뽑아서 관련 재무자료부터 챙겨 오세요."

"네!"

"곽 대리는 도 사원이랑 같이 출장 좀 다녀와야겠습니다. 가능하겠어요?"

"물론입니다!"

한결은 곽 대리에게 아주 중요한 임무를 맡겼다.

"우리가 재무자료 검토하는 동안 곽 대리는 먼저 투자대상 회사들을 찾아가세요. 가서 그 사람들한테서 당사 재무제표 받고, 그 사람들이 보유한 재고수량도 좀 확인하시고요."

"책임지고 임무 완수하겠습니다!"

대리 듀오의 능력을 생각하면 이 정도 업무는 크게 문제될 것 없다는 생각이 들었다.

한결은 곧이어 함 과장에게 지시를 내렸다.

"함 과장님은 평택에 좀 다녀와야겠습니다."

"평택이요? 물류센터 말씀이십니까?"

"네, 평택 물류센터에서 벌크화물 수출입대장을 직접 확인하고 실물로 센터 내 화물규모를 체크해 주시면 됩니다."

"저 혼자서 갑니까?"

"아니요, 저랑요."

함 과장의 표정이 미묘하게 일그러졌다. 자기보다 한참이나 어린 상사를 모시고 출장을 떠난다는 것이 즐거운 일은 아니기 때문이다.

하지만 한결은 굳이 둘만의 출장을 잡았다.

-너, 함죽이에게서 뭔가 안 좋은 기운을 느낀 거지?

'그래 보여요?'

-보통은 중요한 일일수록 경험이 많은 쪽으로 밀어주기 마련이거든.

'…그게 또 그렇게 되는 건가?'

-연륜이란 건 무시 못 하는 법이야. 아무리 곽 머시기가 일을 똑 부러지게 잘한다고 해도 사람 상대하는 일은 짬밥

을 우선하는 것이 낫거든.

그럼에도 불구하고 한결은 곽 대리에게 이번 일의 성패가 달린 미션을 부여했다.

'맞아요. 은연중에 느끼고 있었어요. 뭐라 딱히 말로 설명은 못 하겠는데, 이상하게 못 미더운 구석이 있달까? 아무튼 그러네요.'

한결의 촉은 함 과장이 귀인과는 거리가 멀다고 얘기해 주고 있었다.

아무리 생각을 지우려고 해도 촉은 어쩔 수가 없기에 한결은 굳이 이 불편한 동행을 감행한 것이었다.

"부팀장은 내가 없는 동안 주 대리가 떼어 온 재무제표 분석 열심히 하고 있어요. 팀 잘 돌보고요."

"네, 조심해서 다녀오십시오."

§ § §

재무관리실 산하 자산운용팀을 찾은 주 대리와 권미림은 황당한 얘기를 듣게 되었다.

"…담당자가 퇴사를 하다니요?"

"원자재 수입 프로젝트 담당자를 찾는 거잖아요. 며칠 전에 퇴사했어요."

"이상하네. 최학준 대리가 담당자 아니었어요?"

"뭔가 착각하신 모양이네요. 담당자는 유길준 과장인데요?"

"그럼 최학준 대리는 지금 어디 있습니까?"

"그걸 왜 저한테 물으세요?"

순간 주 대리는 고개를 갸웃거렸다.

다른 사람도 아니고 자원개발부에 있었던 주 대리가 담당자를 헷갈릴 리가 없다.

심지어 주 대리는 자원개발부 수입품 조달팀에 있었다.

'이 새끼들이 지금 장난하나?'

권 대리는 연락망에 있는 번호를 조회해서 최학준 대리에게 전화를 걸었다.

─지금 거신 번호는 없는 번호로…….

'어쭈, 전화번호까지 바꿨어?'

재무관리실에서 뭔가 켕기는 게 많은 모양이었다.

만약 그렇다면 일이 더 쉽게 풀릴 수도 있겠다 싶은 생각이 들었다.

'최학준만 찾아내면 된다, 이거지?'

주 대리는 권미림을 사무실로 돌려보내기로 했다.

"미림 씨는 당장 가서 부팀장한테 이 사실부터 보고해. 나는 수입금융 자료를 취급했던 사람을 찾아볼게."

"저기……."

"왜? 무슨 할 말이라도 있어?"

"원자재 수입 관련 자금출납 기록이 필요하신 거잖아요?"

"어, 맞아! 왜? 아는 사람 있어?"

권미림은 조금 떨떠름한 표정으로 주 대리의 귓가에 입을 가져다 댔다.

"…제 전 남친이요."

순간 주 대리의 표정이 활짝 피어났다.

"진짜?!"

"쉿! 조용히."

"아참, 그렇지. 험험! 미안!"

권미림의 얼굴이 미묘하게 일그러졌다.

혹시라도 권미림의 마음이 상할까, 주 대리는 빙구 같은 웃음을 지었다.

"아무튼, 그래서?"

"…제 전 남친이 재무관리실 경리팀에 있었거든요. 제가 듣기론 원자재 수입 프로젝트 때문에 좀 힘들었다는 것 같았어요."

"그래? 그럼 부탁 좀 해도 될까?"

"전화번호 드릴 테니까 대리님이 연락해 보시면 안 될까요?"

생각해 보면 전 여친보다야 주 대리가 전화하는 편이 모양새가 더 나을 것 같았다.

주 대리는 흔쾌히 고개를 끄덕였다.

"알았어! 내가 해 볼게."

"…대신 회사에 소문내시면 안 돼요."

"에이, 나를 뭘로 보고!"


§ § §


같은 시각, 곽 대리는 도희진과 충청북도 청주로 향하고
있었다.

"우리 지금 어디로 가는 거예요?"

"충북상사라고, 청주에 제법 큰 원자재 상사가 있어. 그
쪽으로 가고 있는 거야."

"거기가 우리 거래처 중에 제일 커요?"

"아… 뭐, 제일까지는 아니고, 현금흐름이 제일 좋았던
걸로 기억해."

한결이 곽 대리를 이곳으로 보낸 이유가 있었다. 곽 대리
는 3년간 재고관리를 한 경험이 있고, 물류학에도 어느 정
도 조예가 있기 때문이었다.

중부고속도로를 타고 경기도를 거의 다 빠져나갈 때쯤,
도희진은 뭔가 좀 망설이는 듯한 어투로 곽 대리를 불렀다.

"그… 있잖아요, 대리님."

"왜?"

"함 과장님 말이에요. 원래 어느 팀이었는지 아세요?"

"아마 쭉 자원개발부에 있었을걸?"

"그런데 저번에 보니까 나 차장이랑 어울리시는 것 같던데요?"

"…어울려? 어디서?"

"저번 달인가? 제가 남사친들이랑 PC방에 갔었거든요? 거기에서 함 과장님을 봤어요."

"PC방에서 남자 둘이 뭘……."

"무슨 차트? 뭐 그런 거 보면서 심각하게 얘기하다가 막 웃기도 하고 그러더라고요."

이제는 이 회사 사람이 아닌 나 차장이지만, 한때는 최고의 실세로 불린 집단에 속해 있었다.

그런 사람이 왜 굳이 만년과장과 시시덕거리고 놀았다고? 그것도 PC방에서?

"…그런 일이 있었어?"

"원래 먼저 말씀드리려고 했는데 나 차장이 팀장님한테 살살 발려서 퇴사를 당하는 바람에 입을 닫았죠. 괜히 함 과장님한테도 불똥 튈까 봐요."

"흠……."

"어떻게 해요? 팀장님이 아시면… 화내실까요?!"

곽 대리는 피식 웃었다.

"그럴 양반은 절대 아니야. 나이답지 않게 차분하고 어른스러운 면이 있거든."

"그럼 당장 말씀드릴까요?!"

"어……."

곽 대리는 고민이 될 수밖에 없었다. 지금 두 사람은 엄청 어색한 모습으로 출장길을 동행하고 있지 않은가.

'고민되네, 이거…….'

지금 당장 보고하면 속이야 시원하겠지만, 중요한 업무를 눈앞에 둔 팀장의 집중력을 흐트러트리고 싶진 않았다.

게다가 통화 중에 옆에 함 과장이 있다면, 그건 그것대로 또 곤란한 일이다.

그런 고민에 답을 준 사람은 의외로 도희진이었다.

"팀장님이 함 과장과 같이 간 데에는 다 이유가 있다고 봐요. 톡이라도 남기는 게 낫지 않을까요?"

"…하긴 그건 그렇겠네."

팀장은 절대 이유 없이 움직일 사람이 아니었다.

그렇다면 메시지를 통해서라도 보고를 해 두는 것이 옳은 선택이다.

곽 대리는 운전 중이기에 곽 대리의 지시에 따라 도희진 사원이 한결 팀장에게 메시지를 보냈다.

그러자 바로 답장이 왔다.

"고맙다고, 서울로 올라가기 전에 결론을 내겠다고 하시네요!"

"그래? 그럼 그 문제는 팀장님한테 맡기고 우리는 우리의 일에 집중하자고."

두 사람은 한결 가벼운 마음으로 충북상사로 향했다.

충북상사는 희토류 금속을 취급하기 때문에 그 특성에 맞는 보관시설이 잘 구비되어 있었다.

"일단 겉보기에는 나쁘지 않은 것 같은데요?"

"중요한 건 속사정이겠지. 내가 여기서 수량을 먼저 파악하고 있을 테니까 희진 씨는 가서 재무제표 좀 받아 와."

"네!"

곽 대리는 오랜만에 예전 실력을 발휘해 보기로 했다.

먼저 ITO를 확인해 볼 생각에 패키지 상태로 보관된 은색의 ITO를 적재해 놓은 전용 컨테이너의 문을 열었다.

그런데…….

"어! 재고가 왜 이렇게 적어?"

예상하고 있던 재고의 반도 안 되었다.

이 정도면 딱히 재무제표가 필요 없을 정도였다.

"…이 새끼들이 발주사기를 치고 있었어?"

제9장
클리어

구로의 한 허름한 포장마차 안.

서울중앙지검 심규섭 부장과 금감원 금융투자 부원장보 김태일이 술잔을 맞대고 있었다.

"리딩방? 그런 잔챙이 문제를 굳이 왜 자네가?"

심규섭과 고등학교 동창인 김태일은 며칠 전에 뜬금없이 '리딩방 사기'에 대해서 알아봐 달라는 부탁을 받았었다.

일단 동창이고, 부탁받은 일이니 알아볼 만큼 알아본 다음 만나서 얘기를 나누긴 하겠지만, 나는 새도 떨어뜨린다는 중앙지검 형사부장이 굳이 리딩방 따위에 관심을 쏟는 것인지 이해를 할 수 없었다.

하지만 심규섭은 언제나처럼 진지했다.

"이놈들이 주가란 주가는 다 빨아 처먹은 뒤에 회사를

인수해서 폭탄돌리기까지 자행하고 있다는군. 이게 현실적으로 가능한 얘기인가 해서 말이야."

"법적으로는 당연히 불가능하지. 제도적으로도 거의 불가능한 것이 사실이고. 하지만 이 주식시장의 종목이라는 게, 일단 증권사에서 주식을 취급해 주기만 해도 어떻게 해서든 굴러가게 되어 있어."

"결국은 증권사가 문제라는 거야?"

"그쪽 문제라는 게 아니라 현실이 그렇다는 거지. 만약 그런 걸 가지고 증권사를 잡을 것 같으면 한국거래소부터 족쳐야 할 거 아니야. 안 그래?"

"으음……."

"그나저나 진짜 이유가 뭐야? 왜 이렇게 리딩방에 관심을 갖는 건데? 나도 뭐 좀 알고나 있자!"

심규섭은 허름하니 색이 다 바래 버린 테이블 위에 두툼한 수사 자료를 올려놓았다.

[로웰 투자신탁, INE파트너스 수사 자료]

김태일은 고개를 갸웃거렸다.

"이게 뭔데?"

"내가 예전에 말했던가? 대검에서 누군가 HMN 폰지사기 사건에 대한 회계감사 자료를 은폐시킨 것 같다고."

"아? 아! 그래! 자네가 1년 동안 잠도 안 자고 파고들었 었잖아. 그런데 그 사건을 아직도 파고 있었어?"

"아무래도 그때랑 비슷한 패턴을 가진 범죄집단들이 출 몰하는 것 같아서 조사하고 있었는데……."

심규섭의 말을 다 듣기도 전에 김태일은 고개를 가로저 었다.

"아이고, 이 친구야! 아직도 철 지난 사건을 가지고 씨름 하고 있어? 이제 그만 빠져나올 때도 되지 않았어?"

"…내 말 좀 끝까지 들어 봐. 그때와 비슷한 패턴을 가진 투자회사 두 개가 사기를 치다 붙잡혔거든. 그런데 그 헤드 로 생각되는 놈들이 폰지사기로 폭탄돌리기를 하고 다닌다 잖아. 뭔가 냄새가 나지 않아?"

김태일은 넌덜머리가 난다는 듯, 몸서리를 쳤다.

"이봐, 규섭이! 자네는 말이야, 다 좋은데 너무 맹목적인 게 탈이야!"

"…자네는 이 사건에서 뭔가 냄새가 나지 않나?"

"지금도 자네가 쫓고 있는 그놈들을 우리는 유령이라고 불러. 고스트, 귀신 말이야. 그런 귀신들을 도대체 무슨 수 로 찾으려는 건데? 백날 찾아봐! 귀신이 사람 손에 잡히 나!"

심규섭은 인상을 와락 구긴 채 읊조리듯 말했다.

"……잡으려는 시도는 해 봤고?"

"뭐?"

"아무튼 간에 내가 처음에 물은 그것들은 현실적으로는 가능하다 이거지? 그럼 난 이만 가 볼게."

자리를 박차고 일어서는 심규섭을 향해 김태일이 외쳤다.

"이봐! 어휴, 저 친구 정말! 잠깐만 기다려! 내가 도와줄게!"

"…됐어."

"도와준다고!"

결국 김태일은 심규섭의 고집을 꺾지 못했다.

"뭘 어떻게 도와주면 되는 건데?! 얘기를 좀 해 봐!"

"이스트아시아 센트럴 인베스트먼트."

"…그게 뭔데?"

"내가 쫓는 폰지사기 헤드야."

김태일은 한숨을 푹 내쉬었다.

"어휴…… 이러다 내가 제 명이 못 죽지."

"얼마나 걸리겠어?"

"…기다려 봐. 한 이틀쯤이면 될 거야."

"알겠어. 기다릴게. 고마워, 태일이"

"됐으니까 들어가서 마시던 거나 마저 마시자고."

"오늘은 내가 살게."

"…당연히 그래야지, 이 친구야!"

다시 술집으로 들어가는데 김태일이 불현듯 물었다.

"아참, IX인터 말이야."

"IL그룹?"

"그 동네 심상치 않던데?"

"…심상치 않다니?"

"조만간 대표이사가 해임될 것 같다고 하더라고?"

심규섭의 표정이 또 한 번 일그러진다.

§  §  §

평택항은 희토류 금속이 들고나는 IX인터의 좌심실과 같은 곳이다.

한결이 이 평택항을 찾은 이유이기도 했다.

"우리가 투자한 희토류 수입 회사가 중국 내 공동개발에 참여하고 있었다는 얘기는 들으셨죠?"

"유명한 얘기 아닙니까? 우리 회사가 2010년대 디스플레이 시장에 대한 원자재 공급 비중을 늘리는 데 혁혁한 공을 세운 투자프로젝트이니까요."

중국은 희토류 금속 생산 1위의 절대적인 입지를 가진 국가다. 그곳에서 채취하는 희토류 개발에 한화 2천억 이상을 투자했던 IX인터는 2010년대에는 디스플레이 시장에 대한 영향력이 상당히 컸었다.

하지만 지금은 얘기가 달랐다.

"그렇게 잘나갔던 회사들이 왜 지금은 저렇게 맹꽁이마

냥 이도 저도 아닌 상태가 되어 버렸을까요?"

"글쎄요. 그걸 알아보러 지금 평택으로 가고 있는 거 아
닙니까?"

방금 전, 한결은 도희진에게서 메시지를 받았다.

함 과장의 행동거지에서 참으로 이상한 것들을 발견했다
고 말이다.

한결은 본인이 먼저 입을 열도록 유도한 것이었는데, 아
무래도 함 과장은 딱히 이실직고할 마음이 없는 모양이다.

─뻰상이긴 하네. 저 짬이 차도록 만년과장 타이틀 달고
버틴 것에는 다 이유가 있었던 거지.

'어쩌죠? 그냥 단도직입적으로 나가야 할까요?'

─이것도 경험이야. 잡도리를 하든 회유를 하든, 네 생각
대로 해 봐.

과연 어떻게 해야 하나 고민하고 있는 찰나, 뜻밖에도 함
과장이 입을 열었다.

"저… 알고 계셨죠?"

"뭘 말입니까?"

"제가 주식이 미쳐 있다는 걸 말입니다."

"…주식이요?"

이건 또 무슨 뚱딴지같은 소리란 말인가?

너무나도 뜻밖의 얘기에 한결은 동공이 휘둥그레 커지고
말았다.

-큭큭! 이건 또 뭔 개떡 같은 소리냐?

'요즘 주식에 물리는 게 무슨 유행 같은 건가?'

-클래식이지! 주식에 물리는 건 오랜 전통 같은 거라고. 그 옛날 수백 년 전, 암스테르담에서도 주식에 물린 사람들이 속출하곤 했었잖냐. 그냥 역사는 반복되는 거라고 보면 되는 거야.

'아… 진짜, 왜들 저러는 건지.'

안 될 것 같은 투자는 안 하면 되는데, 가끔은 그게 제어가 안 되는 사람들이 있다.

사실 대부분의 사람들이 그렇다고 한다.

"갑자기 그게 무슨 말입니까? 주식이라니요?"

"다 알고 계신 거 아니었습니까?"

"너무 뜬금없어서 좀 당황스러운데요."

"그럼 아까부터 왜 자꾸 저를 유도심문을 하시는 건지…….."

"나 차장이랑 붙어 다녔다는 얘기가 있어서요. 아무래도 그건 좀 수상하잖습니까?"

함 과장은 한숨을 푹 내쉬었다.

"…그럼 다 알고 계신 거 맞네요. 저나 나 차장이나 주식에 미쳐서 집문서 날려 먹을 뻔했던 것은 매한가지니까요."

"아니, 잠깐! 그럼 둘이 작당모의를 했다는 것이 주식투자였다는 겁니까?"

"같은 리딩방에 투자했었습니다. 저는 한 1억 정도 날렸고요. 나 차장이 왜 굳이 리베이트를 받고 다녔는지 궁금하셨죠? 바로 그런 이유 때문이었습니다. 나 차장은 4억 정도 넣었다가 몽땅 날리고 이혼절차 진행 중이거든요."

이제야 퍼즐조각들이 하나씩 맞춰지는 느낌이 든다.

-재미있는 동네네! 아주 주식으로 막장드라마를 찍는구나! 이야! 재미있어, 아주!

'나 차장이 그렇게 설치고 다녔던 이유가 결론적으로는 주식 때문이라는 거잖아요?'

-그렇지. 자기 리베이트도 채워 넣어야 하고 장외시장에서 손해도 메워야 하는데, 어떤 괴물딱지 같은 새끼가 설치니 졸라 짜증 났던 거야.

'와……'

기가 막힐 노릇이었다. 그래서 이 사람이 결국 하고 싶은 말은 뭐란 말일까?

"그래서, 어떻게 하고 싶어서 선뜻 털어놓으신 겁니까?"

"…자수하겠습니다."

"자수?"

"제가 원자재 개발 프로젝트에서 투자금 횡령을 한 일행 중 한 명입니다. 지금이라도 자수하겠습니다."

"지금까지 잘 버텨 놓고 왜 이제 와서 자수를 하겠다는 겁니까?"

"아무리 제가 발버둥 쳐 봤자 팀장님께서 다 알아낼 것 같다는 느낌이 들었습니다. 제가 아무리 잘났어도 나 차장보다 잘났겠습니까? 나 차장도 지금 감옥에 가네 마네 하는 판국에 제가 여기서 버텨 봐야 뭐 나올 게 있겠습니까?"

결국엔 마음의 짐을 이기지 못해서라는 이유였다.

─이래서 사람은 죄짓고는 못 사는 법이야.

'아저씨를 그렇게 만든 놈들도 똑같이 되어야 할 텐데요.'

─그렇게 될 거야, 반드시.

한결은 자수해서 광명 찾겠다는 그의 생각을 받아 주기로 했다.

"좋아요, 자수할 수 있도록 도와 드릴게요. 상무님께 선처 부탁도 좀 해 보고요."

"…감사합니다."

"대신 조건이 하나 있어요. 원자재 투자기획 쇄신 건은 제대로 마무리해 주세요."

"저도 양심이라는 게 있습니다. 당연히 그래야겠지요."

내부자를 찾았으니 게임은 끝이나 다름이 없었다.


§ § §


평택항 물류센터에 도착할 때쯤 서울에서 전화가 왔다.

─팀장님, 재무제표랑 자금출납대장을 찾았습니다!

"그래요? 저쪽에서 오리발을 내민다더니?"

ㅡ그… 지인이 있었습니다.

"잘되었네요! 지인은 믿을 만한 사람입니까?"

ㅡ…네, 일단은요.

어쩐지 약간 껄끄러워하는 듯한 말투가 살짝 거슬리긴 했지만, 주 대리가 허튼짓할 것 같지는 않아 그냥 넘어가기로 했다.

"고생 많았습니다! 올라가서 보자고요."

ㅡ그럼 저희들도 부팀장을 도와서 자료 정리하고 있겠습니다!

일이 술술 풀려 갔다.

이번에는 곽 대리 쪽 상황을 살펴보기로 했다.

"곽 대리! 그쪽 상황은 좀 어때요?"

ㅡ거래처 투자금 유입 장부랑 물류관리대장을 다 살펴봤는데, 맞는 게 하나도 없습니다. 아무래도 업계약 발주를 받아서 현금을 빼돌린 것 같습니다.

"…재무관리실에서 발악을 한 데에는 다 이유가 있었네요."

ㅡ지금 당장 보고서 작성 시작하겠습니다!

"그래요. 서울에서 보자고요!"

이렇게 되면 재무관리실을 날려 버릴 수 있는 폭탄이 준비된 것이다.

이제 이걸 어디에 어떻게 투하하느냐가 관건이다.

"자, 그럼 정리해 봅시다. 원자재 수입상들이 어떻게 투자금을 빼돌려서 리베이트를 뿌린 겁니까?"

"우리가 중국에 투자했던 2,000억 말고도 한해에 평균 200억 정도의 투자금이 지속적으로 투자되었습니다. 그걸 10년 동안 야금야금 빼먹던 놈들이 재무관리실이었고요. 예를 들어 100억을 주문했다고 장부에 부기한 뒤, 실질적인 주문은 90억만 넣는 겁니다. 그런 뒤에 차액 10억은 자기들이 챙기고 나머지는 투자회사의 실적부진으로 처리해 버린 거였죠."

"지금 우리 팀원들이 한 얘기와 정확하게 일맥상통하는군요."

이 정도 증거자료라면 원자재 수출입 관련 투자는 폐기처분할 수 있게 될 것이다.

물론 관련자들은 처벌을 받게 될 것이고.

─사필귀정(事必歸正)이로군. 에잇, 그런데 좀 싱겁게 되었어. 조금 더 막장드라마를 즐기고 싶었는데!

'이 정도면 됐지, 뭘 더?'

─쩝! 그건 또 그렇지.

그야말로 깔끔한 마무리.

한결은 두 번째 투자기획 쇄신도 잘 마무리해 냈다.

§ § §

한결은 모든 정황과 증거들을 하나로 묶은 뒤, 그것을 보고서로 작성해서 임 상무에게 올렸다.

임 상무는 한숨을 푹 내쉬었다.

"…결국, 최 상무 그 자식의 작품이었다는 거네?"

"하나부터 열까지, 모든 정황과 증거들이 다 준비되어 있습니다!"

"흐음……."

임 상무는 잠시 고민하는 듯한 모습을 보였다.

'왜 저러는 거지? 이 정도 증거면 아예 재무이사를 날려 버릴 수도 있을 것 같은데.'

─원래 상대방 모가지를 쳐내려면 내 목도 걸어야 하는 법이거든. 아마 네가 저번에 바이오디젤 이슈로 회사를 크게 흔들어 놓은 바람에 고민이 클 거야.

'잘못하면 내 허물도 벗겨질 것이기 때문에요?'

─아마 지금도 임 상무는 꽤나 난처한 상황에 처해 있을 거다. 다만 재무이사와의 알력다툼에서 밀리지 않으려고 입을 꾹 다물고 있을 뿐인 거지.

'진짜 고민이 크긴 하겠네요.'

투자기획이 이렇게 된 데에는 당연히 최종결정권자의 책임도 크다.

만약 재무이사의 목이 날아간다면 임 상무도 어느 정도의 타격은 감수해야 할 것이었다.

임 상무는 잠시 고민하는 모습을 보이더니 이내 피식 웃음을 지었다.

"나 참, 그 친구가 이렇게까지 타락한 줄도 모르고 지금까지 끌려다니고 있었다니, 나도 이젠 다된 모양이야."

"상무님?"

"아니야, 아무것도. 아무튼 간에 고생 많았어. 이참에 재고정리 마무리되면 팀원들끼리 회식이라도 한번 해."

"네, 감사합니다!"

뭔가 상당히 복잡한 심경에 사로잡혔으나 부하 앞이라서 티를 못 내는 것이 눈에 훤히 보인다.

임 상무는 잡생각을 떨치기 위해 화제를 돌리려는 듯했다.

"아참, 그 함 과장 말이야, 어떻게 할 생각이야?"

"상무님께 처분을 부탁드리고 싶습니다."

"음…… 내 생각에는 팀의 헤드인 자네가 직접 결정을 내려야 맞지 않나 싶은데 말이야."

한결의 직속 상사는 투자본부장이다. 사장까지 올라갈 사안이 아니라면 그 휘하의 가장 선임자가 처리하는 것이 순리이긴 하다.

"며칠만 더 고민해 보고 결정해도 되겠습니까? 함 과장이 책임지고 회사를 그만둔다고 했는데 아직도 그 마음인지 궁금하기도 하고요."

"그래, 그럼 그렇게 해."

한결은 자신의 손으로 함 과장을 내칠 생각은 하지 않았다.

보고를 마친 한결은 사무실로 향했다.

돌아가는 길에 문득 이런 생각이 들었다.

'그나저나 잘못해서 불똥이 나에게로 튀면 어쩌죠?'

─불똥? 뭐, 재무관리실에서 말이야?

'어쩐지 감이 썩 좋지가 않은데⋯⋯.'

차상식은 피식 웃었다.

─인생 뭐 있냐? 중간과정 다 생략하고 기냥 사모펀드 테크트리 밟는 거지!

'그럼 커리어는요? 업계에서 이상하게 보지 않을까요?'

─넌 인마, 다 좋은데 생각이 너무 많아. 때로는 심플하게! 응? 좋잖아!

한결은 결국 차상식을 따라 웃고 말았다.

'하긴 그건 그러네요. 그럼 퇴사 전에 CFA나 좀 따 놔야겠다. 이제 한 달만 있으면 나도 투자업무 4년 차가 되잖아요?'

─아! 벌써 그렇게 되었나?

'아저씨도 CFA는 가지고 있었죠?'

－그랬지. 음… 뭐, 그럼 투자공부하는 김에 CFA 과외도 좀 하자!

스승이 만능이라 어떤 테크트리를 밟든 배움에 막힘이 없어서 좋았다.

－뭐 아무튼, 오늘은 들어가서 소주나 한잔하자! 아따, 술 마렵다!

'머릿고기 어때요?'

－머릿고기 죽이지!

덤으로 불변의 술친구가 있다는 것도 좋았다.


§ § §


재고정리는 아주 순조로웠다.

무려 한 달 만에 재고가 완벽하게 사라지고 회전율 100%에 도달했다. 뿐만 아니라 클레임까지 한꺼번에 해결되니 그야말로 일석이조였다.

"지금 위에서는 아주 난리가 났다고 합니다! 그 많던 악성재고들을 다 털어 버려서 얼마나 속이 시원한지 모르겠다고요!"

"여러분들 모두 수고 많았습니다."

비록 아직 해결되지 않은 일이 있었으나 계획했던 것들은 마무리되었으니 속은 후련했다.

실적도 채웠겠다, 일도 잘 풀리겠다, 한결은 팀원들을 데리고 회식이라도 해야겠다 싶었다.

"오늘 회식 어떠세요?"

"좋습니다!"

"간만에 고기 좀 뜯읍시다!"

업무를 일찍 마무리한 뒤, 한결은 팀원들을 데리고 회식 장소로 이동했다.

한데 함 과장이 보이지 않는다.

"함 과장은요?"

"어라? 방금 전까지만 해도 여기 있었는데?"

팀의 막내 권미림이 함 과장에게 전화를 걸었다.

"…안 받는데요?"

"무슨 일 있나?"

"아! 지금 문자 왔어요! 오늘 집에 급한 일이 있어서 먼저 간다네요!"

"흠."

"에이, 그래도 팀 회식인데 좀 끼지!"

아무래도 곧 떠날 생각이 짙어진 모양이다.

'나갈 사람이라 그런 건가?'

—이제 곧 떠날 사람인데 마음 둬서 뭐 하겠냐? 괜히 마음만 심란하지.

곧 떠날 것은 한결도 마찬가지지만, 그래도 있는 동안은 잘 지내고 싶은 마음이 컸다.

회식장소로 고른 곳은 회사 근처 소고깃집이었다.

"여기 한우전문점 아니에요?"

"우와! 여기 엄청 비쌀 것 같은데?"

한결은 좋아 있는 팀원들 앞에 법인카드를 꺼내 들었다.

"전무님께서 특별히 내려 주신 법인카드입니다. 마음껏 긁으라더군요."

"와! 그럼 실컷 먹어야지!"

"감사합니다, 전무님!"

그나마 과장 한 명을 제외하면 팀원들은 그럭저럭 단합이 되어 가는 것 같아서 다행이었다.

한결은 꽃등심부터 최고급 안심까지 고기들을 쫙 깔아놓고 회식을 시작했다.

"자, 그럼 건배합시다! 이번 프로젝트도 수고 많았고, 다음 프로젝트도 한번 신나게 달려 봅시다!"

"짠!"

그야말로 폭풍과도 같았던 재고회전 프로젝트가 성황리에 마무리되었으니 모두들 한결 가벼운 마음으로 술잔을 넘겼다.

소주에 맥주를 섞어 마시던 곽 대리가 한결에게 물었다.

"그나저나 팀장님은 주식 안 하십니까?"

"주식이요? 그건 갑자기 왜요?"

"이 정도 분석능력이면 한 타 쳐도 아주 제대로 칠 것 같아서요!"

역시 곽 대리는 눈치가 빠르다. 회사에서 일 처리하는 것만 봐도 그 사람의 능력치를 한 번에 파악할 정도였다.

하지만 한결은 모르쇠로 일관한다.

"저는 영 관심이 안 가더라고요."

"요즘 꽤 쓸 만한 리딩방 많던데, 관심 있으시면 말씀만 하십쇼! 제가 제대로 버스 태워 드리겠습니다!"

여기를 봐도 개미, 저기를 봐도 개미, 회사원들은 그야말로 개미 아니면 '무주식자'였다.

어떻게 보면 회사는 그야말로 개미굴이 따로 없을 정도였다.

'주식 안 하면 죽는 병이라도 걸렸나? 주식을 안 하는 사람이 없네.'

─회사원 월급이야 뻔한데 정년은 짧지, 그러니까 너 나 할 것 없이 재테크를 하는 거 아니겠냐? 은퇴라는 것도 슬기롭게 해야 하는데 요즘 젊은 사람들이 그런 데 관심이나 있겠어?

'하긴…….'

아예 공감이 안 되는 건 아니었다. 한때는 한결에게도 미래에 대한 고민이 많았었으니까.

─아까 개미한테 괜한 투자 조언을 해 주지 않은 건 아주

잘한 선택이야. 주식에 손댄 사람치고 손해 한번 안 보고 손 턴 사람은 없거든. 당장 이득을 가져다줘도 어차피 자기 욕심 때문에 헛발질하고 혀 깨물 게 뻔해.

'중매를 잘못 서면 뺨이 석 대라는 것과 같은 이치네요?'

―중매는 그나마 뺨으로 끝나지, 주식은 칼부림 난다.

'…개미랑은 주식 얘기는 하지 말아야겠네요.'

§ § §

1차 회식이 마무리되었다.

"팀장님! 2차 가요!"

"저는 갈 곳이 있어서 이만 가 볼게요. 다음 주 월요일에 봅시다!"

"에이, 그러지 마시고요!"

"하하! 저는 정말 약속이 있어서 그래요. 다음 주에 보자고요!"

원래 윗사람은 눈치껏 회식에서 빠져 주는 것이 도리 아니겠는가.

한결은 마음이 맞는 사람들끼리 모여서 2차를 가라고 하고 지하철에 몸을 실었다.

―쩝… 술 땡기네.

'집에 가서 간단하게 한잔하죠, 참치회에다가!'

–참치 죽이지!

예전 같았으면 참치는커녕 회라는 것은 구경도 하기 힘들었겠지만, 이제는 달랐다. 그 정도 여유를 부릴 정도의 돈은 충분히 있었다.

한결은 퇴근길 지하철에 앉아서 MTS를 켰다.

'그럼 어떤 종목이 좀 괜찮은지 한번 볼까요?'

–지금까지 배운 대로, 이번에는 일반 주식에 한번 투자해 봐. 단타도 괜찮고 장타도 괜찮고, 네가 지금 이 시장에서 가장 자신 있는 곳에 투자하는 거지.

'오호!'

투자에 대해 배우는 것과 배우지 않는 것에는 천지 차이가 있다. 그것도 최고의 투자자라고 불렸던 전설의 펀드왕에게 주식을 배운 몸이다.

한결은 날카로운 눈으로 MTS 차트를 살폈다.

딩동!

지이이이잉!

한데 차트를 채 보기도 전에 알람이 너무 많이 울려서 스마트폰 진동이 멈추질 않는다.

팔로워가 따라다닌다는 것이었다.


[팔로워 '돼지아빠' (이)가 접속했습니다…]

'…팔로워가 도대체 뭔데 이러는 거지?'

한결은 팔로워라는 알림을 클릭해 보았다.

그러자 팔로워의 개념에 대해 설명한 글이 나왔다.


[…커뮤니티, 동호회 등 웹에서 친하게 지내는 사람들을 친구추가 할 수 있습니다]

[서로 친구를 맺지 않고 상대방이 나만 친구추가를 한 경우, 상대방은 팔로워로 등록됩니다]

[커뮤니티 게시글에 '좋아요'를 자주 누른 경우 상대방은 팔로워로 등록됩니다]

[팔로워 수에 따라 혜택이 부여됩니다]


'그러니까 상대방이 일방적으로 친구추가를 하거나 좋아요, 를 누르고 다니면 팔로워라고 뜨는 거네요?'

ㅡ뭐, 이렇게 귀찮은 시스템을 만들어 놨대?

'그나저나 아저씨는 커뮤니티에서 유명했나 봐요? 아까 보니까 등급도 무슨 유일신이던데.'

순간 차상식은 무릎을 쳤다.

ㅡ아이고! 내 정신 좀 봐라! 커뮤니티 글을 삭제 안 했네?

'그게 왜요?'

ㅡ그… 내가 커뮤니티에서 '귀신'으로 유명했었거든. 내가 얘기했던가? 베어링스 사태를 예견했던 거.

'했죠. 싱가포르 선물시장에 있을 때, 무슨 노스트라다무스로 통했다면서요.'

–그 별명이 커뮤니티에서 만들어진 거거든.

'엉? 그것 말고는요?'

–IMF금융위기 때도 어느 정도 맞는 예언을 했고, 카드대란, 주택대란, 버블세븐 붕괴… 뭐, 많기는 했네.

'…그걸 다 예언했으면 지금쯤이면 성지(聖地) 글이 되었겠는데요?'

한결은 '내가 쓴 글' 탭을 눌러서 커뮤니티 게시판으로 넘어갔다.

그러자 엄청난 광경이 그의 앞에 펼쳐졌다.


[총조회 수 : 441,131,000]


'…조회 수가 4억?!'

–그새 엄청 늘었네? 쩝! 그때 지워 둘걸.

'이 정도로 영향력이 대단한 것이라면, 공정위나 금감원에서 예의주시하지 않을까요?'

–내가 무슨 주가조작을 한 것도 아니고 그냥 예지 글 몇 번 싸지른 게 다인데 뭐, 별일 있겠냐?

'흠!'

가장 걱정이 되는 것은 세간의 주목 따위가 아니라 정부기관의 관심이었다.

투자자에게 있어서 정부기관의 관심을 받는 것만큼 부담스러운 일도 없으니까.

-그런데 생각해 보면 정부에서 관심을 갖는다고 해서 뭐 별반 달라질 건 없어. 어차피 차명인데, 뭐.

'…그건 또 그러네요?'

-그리고 말이야, 증권사에서 자기들 실적 뻥튀기하려고 인수한 커뮤니티의 정보를 국가기관에 쉽게 넘기겠어? 범죄만 안 저지르면 네가 이 계좌로 얼마를 해 먹든 상관없다 이거지!

'그럼 안심이고요.'

한결은 차상식에게서 생각보다 더 좋은 유산을 얻었다.

-이 타이밍에 작전주 사냥 좀 해 볼까?

'작전주를 먹으면 돈을 얼마나 벌 수 있는데요?'

차상식은 씨익 입꼬리를 올렸다.

-기본 10배부터 시작한다고 해 둘게!

제10장
존경

나른한 주말, 한결은 차상식에게서 작전주 사냥법에 대한 강의를 듣고 있었다.

　차상식의 첫 번째 강의는 바로 작전주의 구별법이었다.

　-지금까지 네가 공부한 것과 완전 반대의 길을 가는 것이 바로 작전주야.

　"특별한 호재도 없고, 기업의 경쟁력도 없고, 그렇다고 주변환경에 의해 주가가 오를 만한 타이밍도 아니고… 그런 것들이요?"

　-그래, 맞아! 그리고 거기에 하나 더. 기업이 고꾸라져도 정부에서 딱히 앞장서 나서 주지도 않을 것 같은 회사들.

　"정부 차원의 수습도 불가능할 정도의 아웃사이더를 키

운다는 거네요?"

―정확해. 지금부터 차트의 특성에 대해 알려 줄게. 화이트보드 꺼내 봐.

한결은 어젯밤에 문구점에서 산 화이트보드를 꺼내어 세워 놓았다.

―저번에 같이 그림 그린 적 있지? 그대로 한번 그려 봐.

"고양이 그림을 그렸을 때처럼?"

―내가 먼저 그을 테니까 그 위에 따라서 똑같이 그려.

차상식은 약간의 곡선이 감위된 선을 긋기 시작했고, 한결은 그 선을 따라서 똑같이 보드마커를 움직였다.

지이이익!

우측으로 상승하는 직선을 그리던 한결은 이내 차상식이 멈춤과 동시에 보드에서 손을 뗐다.

그러자 주식시장 차트가 완성되었다.

―매입 패턴이 이런 식으로 진행되는 것이 작전주의 패턴이야. 하지만 일반인들은 이것을 구분하기가 어려워. 심지어는 전문가들도. 아무리 차트를 잘 보는 전문가들도 고도로 지능화된 작전주를 감별하는 것은 거의 불가능해. 왜? 그놈들이 내건 가짜 호재를 정부가 일일이 감별하기란 쉽지 않은 일이기 때문이지.

"호재의 감별이라……. 그건 애널리스트 역시 마찬가지겠네요?"

─당연하지. 애널리스트도 사람이고, 그들은 장기적인 관점에서 시장을 분석하는 거니까. 그리고 잘 짜여진 작전주는 세력주와의 차이가 모호하거든.

"잘 포장된 사기행각은 진짜 호재와 구분하기 어렵다는 뜻인데, 그럼 주식시장에 사기가 판치지 않을까요?"

─그래서 지금 판을 치고 있잖냐.

"아! 맞네, 그러네."

─싱거운 놈. 아무튼, 그래서 우리가 먹을 것은 작전주잖아? 지금부터는 어디서 작전이 벌어지고 있을지 그것을 좀 감별해 보자 이거야.

"MTS를 하루 종일 보다 보면 나올까요?"

차상식은 피식 웃었다.

─가끔씩 저렇게 맹꽁이 같을 때가 있다니까?

"엥? 뭐가요?"

─너, 지난 회식 때 뭐 들었냐?

"아! 리딩방!"

─개인이 주식시장 과외 비슷하게 하는 게 리딩방 아니야? 과연 사기 아닌 리딩방이 얼마나 되겠냐?

"그렇다면 리딩방 안에서 주가조작이라든가 작전주 설계하는 놈들도 있겠네요!"

─그래, 바로 그거야. 우리에게는 아주 노다지라는 뜻이지!

작전주가 득실대는 그곳, 사기꾼들의 파라다이스야말로
차상식에게는 뷔페나 다름이 없었다.

―이거 말고도 차명계좌가 하나 더 있어. 그걸로 리딩방
들어가서 정보를 좀 모아 보자고.

"엉? 차명계좌가 또 있었어요?"

―…유부남들은 원래 다 그런 법이야. 아무튼 간에 얼른
리딩방부터 탐방해 보자!

한결은 본격적으로 리딩방을 파 보기로 했다.

§　§　§

리딩방 접속은 어렵지 않았다.

스팸전화나 스팸문자를 거르지 않고 그냥 받으면 끝이었
다.

[윤성기 실장 : 좋은 아침입니다. 안성중공업, 대기업 공
동 R&D 성과로 인해 상승장 예상됩니다. 오늘 오전장에
안성중공업 매집 들어가니 착오 없이 잘 따라오시기 바랍
니다]

[리딩 5 : 실장님, 좋은 아침입니다^^]

[리딩 91 : 오늘도 실장님만 믿고 따라갑니다!]

[리딩 11 : 진짜 이대로만 따라가면 돈 벌 수 있는 거죠?]

[리딩 56 : 한강 가기 전에 막차 타 봅니다. 믿습니다, 실장님!]

[리딩 10 : 안성중공업 가즈아!]


-이야… 요즘은 호구 잡기가 왜 이렇게 간단하냐? 우리 때는 차트 다듬은 다음에 사장들 룸방 데려가서 돌리고, 사모님들 제비 한 마리씩 붙여 줘야 간신히 판때기에 앉힐 수 있었는데.

"아저씨도 호구 잡아 본 적 있었어요?"

-나도 빨래질이라는 것을 당해 본 적이 있거든. 그래서 똑같이 갚아 줬지.

"의외인데요."

-…아무튼 간에 구성을 잘 봐봐. 저 중에 아마 한 명 빼고는 전부 바람잡이일 거야. 도박판에서도 손기술 쓰는 기술자는 보통 한 명, 나머지는 다 바람잡이에 판돈 키워 주는 부채질하는 꾼들이거든.

"그럼 저 중에 누가 호구라는 거예요?"

-딱 봐도 리딩 11이 호구 같지 않냐?

"그 밑에 한강 간다는 56번이 아니고요?"

차상식은 고개를 가로저었다.

-이 주식이라는 게 말이다, 한강 가기 직전까지 꼴아 보면 어느 정도 보는 눈이 생기거든. 인간이 뒈지기 직전까지

처맞다 보면 자신도 모르게 혜안 비슷한 게 생기기 마련인
거지.

"아하! 그래서 56번처럼 막장에 몰린 경우엔 이런 하꼬
리딩방에는 오지 않는다는 거죠?"

－목숨줄 달린 시드머니를 네 말마따나 하꼬 리딩방에 꼬
라박을 미친놈은 아마 없지 않겠냐?

"흠……."

－아무튼 간에 지금부터 중요한 건 심리전이야. 작전주를
턴다는 건, 정보전이기도 하지만 심리전이 거의 9할이거든.

"투자 스킬이나 분석능력보다는 눈치 싸움이라는 거네요?"

－누가 먼저 구라를 치고 뒤통수를 갈길 것이냐, 그게 관
건이라는 거야.

"어렵네요."

－아무튼 오늘 하루는 리딩방을 천천히 돌아다니면서 작
전주 데이터를 좀 모아 보자고.

리딩방을 들어가는 일은 그야말로 누워서도 할 수 있을
정도로 간단했기 때문에 한결은 하루 종일 뒹굴면서 스마
트폰을 만지작거렸다.

스팸문자를 조금 더 적극적으로 수용하고 인터넷에 떠돌
아다니는 리딩방 주소를 따서 접속했다.

한데 리딩방을 파다 보니 한 가지 공통점이 발견되었다.

바로 급등주를 예언하는 패턴과 종목이 거의 비슷하다는

점이었다.

"우리가 처음으로 접했던 안성중공업에 투자를 안 한다는 리딩방이 없네요."

-61개 리딩방에서 안성중공업을 언급하는 비중은 약 75%……. 이 정도면 거의 단골 소재라고 해도 과언이 아니겠군. 하긴 저놈들이 사기를 치는 방법은 워낙에 단순하니까 당연한 일이라고 해야 할까?

"음! 그건 그렇겠네요. 어차피 저놈들이 사기를 치는 방법은 시간외 거래에서 붙는 상한가를 이용한 시간차 공격이니까요."

주식시장은 개장시간 외에도 거래를 할 수 있는 제도가 있다. 리딩방은 그중에서도 시간외 단일가 매매를 통해 주가를 예측한다.

통상 정규시간에서 거래되던 주식이 상승곡선의 상한가에 걸려 성장이 멈추면, 그 열기가 다음 날 증시로 넘어가게 되어 있다. 지붕을 뚫은 상한가 기세가 시간외 거래 시장에서까지 상한가를 치고, 그것이 다음 날 시가에까지 적용되기 때문이다.

"안성중공업의 차트를 보면 오늘 한창 상승가도를 달리다가 상한가 직전에 종가를 찍었네요. 그렇다면 시간외 거래에서 상한가를 쳤을 게 분명하고, 그 열기가 내일까지 이어진다면 당연히 시가는 10% 이상 뛰어 있겠는걸요."

-이게 작전주, 스캠주의 무서운 점이야. 주변에 진짜 호재가 분명 있긴 하거든. 그러니 기적처럼 상승곡선만 때려 맞추면 게임 끝이라는 얘기지.

"오호?!"

-그럼 이제 실제로 작전주를 어떻게 먹는지 배워 보자고. 아까 본 안성중공업 있지? 그거 코스닥 창 좀 열어 봐.

"어! 안성중공업이 작전주라는 뜻인가요?"

-내 생각에는 그런 것 같은데?

[안성중공업 – 코스닥]
[시가총액 : 2,210억 원]
[매출 : 3100억 원]
[부채비율 : 178%]

기본정보는 평범했고 나머지 재무제표상의 문제도 딱히 없었다.

"정말 평범하네요."

-제일 어려운 게 바로 이 '평범'이라는 것이겠지.

주식시장에서 종목토론을 펼친다면 아마 갑론을박이 가장 많이 나올 만한 종목이었다.

주요 호재로는 고용량 실리콘 음극소재가 대기업 전기차 생산 회사에 납품될 것이라는 소식이 있었다.

"음극소재 납품이라……. 이게 계약만 체결되어도 대박 터지는 거네요?"

-그렇게 되기만 한다면야? 뭐, 아무튼 간에 저건 어차피 믿을 만한 오피셜도 아니고, 안성중공업에 대한 정보를 검증할 수 있는 수단이 필요해.

"작전주는 조금 더 드라마틱할 줄 알았는데, 그게 아니었네요?"

-작전주에는 종류가 엄청나게 많아. 드라마틱한 주식의 수직상승만이 다가 아니라는 거지.

"아하! 그럼 정보점검 겸 여왕벌이라도 좀 만나 볼까요?"

차상식은 고개를 가로저었다.

-아니야, 그건 좀 곤란해. 너를 아는 사람들은 네가 작전주 추격을 한다는 사실을 몰라야 하거든.

"아! 그런 그러네. 흠……."

-그럼 뭐, 미끼 하나 끼워서 던져 보자.

"미끼를? 누구한테요?"

-누구긴, 동종업계지.

§ § §

자산운용사 트레이더의 삶은 치열하다.

"장 마감 10분 전이야. 이놈의 것은 오른다는 거야, 안 오른다는 거야?!"

"…오릅니다, 반드시!"

그야말로 일희일비. 주식시장 차트 반등 한 번에 웃고, 떨어지면 울고. 그러면서 근근이 수익실적은 올리는 것이 일반적인 트레이더들이다.

누군가 트레이더들에게 묻는다.

[어떤 주식을 사면 올라요?]

[트레이더면 돈 많겠네요?]

이렇게 물으면 트레이더들은 웃으며 답해 준다.

[어떤 주식이 오를지 내가 다 알면, 내가 월급쟁이 생활하면서 회사에 다니겠어요?]

대한민국 재계 12위 성진그룹 산하 자산운용 회사인 '청진에셋'에서 프랍 트레이더로 3년째 일하고 있는 '한태신'은 국내주식을 사고파는 업무를 한다.

딩동!

국내 증시가 마감되었다는 알람이 울렸다.

이윽고 한태신을 찾아오는 트레이딩 1팀의 부장 석인수가 보인다.

"어이, 한태신이, 깡다구 좋아? 오늘만 벌써 1.1% 날려 먹었던데?"

"아하하… 부장님~ 그게 아니고 말입니다…….."

"이참에 프리 선언하고 회사를 나가는 건 어때?"

"에헤이! 또 왜 이러실까? 이 바닥, 파도 없인 못 가는 거 다 아시면서!"

쾅!

석인수 부장의 분노가 한태신의 책상에 강렬한 진동을 만들어 냈다.

"…장난하나! 너 한 사람 때문에 지금 우리 부 전체 실적이 개판이잖아! 어떻게 할 거야? 어?!"

"아 씨, 이게 아닌… 가?"

"이 새끼가 언제까지 그렇게 능글맞게 농담 따먹기나 할 거냐! 어?!"

회사의 자기자산을 가지고 거래하는 프랍 트레이더는 기관투자자를 상대로 주식을 추천하고 판매하는 세일즈 트레이더보다 자신의 역량을 더욱 적극적으로 펼칠 수 있으며, 기관투자 트레이더보다 덜 경직된 전략을 구사할 수 있다는 장점이 있다.

하지만 당연하게도 프랍 트레이더의 생명은 실적이다.

실적이 없다는 것은 곧 사형선고나 마찬가지였다.

석인수 부장은 한태신의 한쪽 귀를 잡고 위로 쭉 잡아당겼다.

"아, 아아아!"

"자! 일어나서 잘 봐! 네 동기들은 지금 펀드매니저로 전향해서 잘나가고 있지. 저기 봐, 세일즈 트레이너로 지금

꿀 빨면서 거액 굴리는 친구들도 있어. 저게 바로 트레이더라는 거야."

"아파요!"

"아파? 잘 봐, 인마! 저 사람들에 비해 너는 뭐다? 그냥 쓰레기다! 알겠냐!"

이 바닥은 돈이 모든 걸 말해 준다. 실적을 올리지 못하는 순간, 그대로 쓰레기통으로 직행하는 것이다.

석인수 부장은 한태신의 등을 떠밀었다.

"꺼져. 나가서 다시는 돌아오지 마. 애초에 정원미달로 뽑는 게 아니었는데. 어휴, 저걸 뽑은 내가 병신이지!"

"에헤이, 부장님! 그래도 그렇지, 이건 너무 정 없지 않습니까?!"

"꺼지랬지!"

청진에셋에는 이런 말이 있다.

'상사의 무관심보다는 차라리 쌍욕을 먹는 것이 낫다.'

하지만 한태신에게는 이보다 더한 곤욕은 없었다.

자존심이 밥 먹여 주던 자유로운 영혼 한태신은 회사에 들어오기 전까지 꿋꿋한 대한의 건아로 살아왔었다.

그러나 이제는 그런 자존심 따위는 개나 줘 버린 지 오래였다.

"젠장! 광대 노릇하는 것도 하루 이틀이지."

아무리 재롱을 떨어도 안 되는 것 같으니 일단 부장의 화가 풀릴 때까지 옥상에서 숨어 있기로 했다.

지이이잉!

옥상에서 담배를 한 대 피우고 있는데 스마트폰이 진동을 울려 댄다.

[창진증권 커뮤니티 '성공시대']
[새로운 글이 215개 있습니다…]

성진그룹의 계열사인 성진증권 커뮤니티에서 지금 장이 끝났다고 난리를 피우고 있는 것이었다.

오늘 하루 등락에 재산을 잃은 사람부터 떨어진 주식 끌어올리겠다고 물타기 하는 사람 등등, 저 안에선 수많은 인간군상들을 만날 수 있다.

"…일희일비하는 인생이라니. 나나 개미들이나 다를 바가 없네."

흐름에 따라 죽고, 살고, 그런 팍팍한 삶.

주식은 그런 것이다.

딩동!

[투자귀신 님께서 입장하셨습니다]

"어?!"

물론 팍팍한 삶과는 궤가 다른 인간도 있다.

바로 개미들의 전설, 투자귀신처럼 말이다.

연수익 211%라는 경이로운 신기록을 세웠던 커뮤니티의 왕, 개미들의 신.

바로 투자귀신이었다.

"···투자귀신이 다시 활동을 시작한 건가?"

딩동!

[투자귀신 님께서 당신을 친구추가 하셨습니다]

"치, 친추?!"

투자귀신을 추종하는 팔로워의 숫자만 무려 수만 명이다. 그것도 아직 활동하는 사람들의 수만 그런 거고, 휴면 상태인 팔로워까지 합치면 그 숫자는 추산하기 어려울 정도다.

하지만 그와 친구추가가 된 사람은 한 명도 없었다.

딩동!

[메시지]

[투자귀신 : 반갑습니다, 한태신 트레이더. 투자귀신이라고 합니다]

"헉! 나에게 메시지를?!"

이게 꿈인가 생시인가 싶다.

§ § §

한결은 메시지를 통해 트레이더 한태신에게 정보교환을
제시했다.

만약 안성중공업의 재무상태를 진단해 줄 수 있다면 실
적을 올릴 수 있도록 해 주겠다고 말이다.

그러자 한태신은 1초만에 답장을 보내왔다.

딩동!

[한태신 : 영광입니다! 투자귀신 님과 함께할 수 있다면
우주 끝까지라도 따라가겠습니다!]

"이야… 아저씨는 좋겠어요? 말 한마디면 죽는 시늉이라
도 할 사람이 있으니."

―너도 있잖냐, 머슴 하나에 여왕벌 둘.

"그게 이거랑 같나요?"

―다르지 않아. 너도 나 정도로 유명해지면 이 정도 영향
력은 정말 아무것도 아니야.

"하긴… 본명의 영향력은 이것보단 몇십 배 강력했을 테

니까요."

　—그래서 타락하지 않는 게 중요한 거야. 이 바닥에서 영향력을 갖춘 사람이 타락하는 순간, 개미들 수백만 명이 죽어 나가는 건 정말 일도 아니거든.

"예전의 그 사건처럼요?"

　—……그래.

"그나저나 저 한태신이라는 사람을 고른 기준이 뭐예요? 아저씨를 추종하는 사람은 많잖아요."

　차상식은 하얀 이를 씨익 드러내며 웃었다.

　—사다리 타기를 했는데, 쟤가 뽑혔어.

"…장난하시나."

　—큭큭, 당연히 장난이지.

"아, 진짜!"

　—이유? 복잡하지 않아. 너처럼 인원부족 특채로 들어온데다 실적도 별로 좋지 않더라고. 너도 봤잖아?

　한결은 슬며시 고개를 끄덕였다.

　일전에 차상식과 주식시장에서 누구를 끌어들일지 같이 고를 때, 두 사람은 한태신의 이름을 발견했었다.

"진골도 되지 못하는 반쪽짜리 두품, 그게 바로 저 사람이라고 생각했었죠. 바로 나처럼."

　—그래, 평민도 못 되는, 노예 취급 안 받으면 다행인 출신성분인데 실적까지 안 좋아. 그런 상황에서 동아줄이 눈

앞에 있다면 어떻게 되겠냐?

"…악마에게 영혼이라도 팔고 싶겠죠."

—바로 그런 거야. 우리는 저 친구의 간절함을 이용한다는 거지.

"아… 아니, 그건 좀 그렇지 않아요? 간절함을 이용한다니."

차상식은 실소했다.

—인마, 간절함이 있어야 타락을 안 하지!

"…타락? 아, 맞다!"

—아무리 잘 키워 봤자 흑화하면 답 없는 게 노예야. 생각해 봐. 양유진이 그렇게 자존심이 세도 네게서 벗어나 흑화하려는 모습은 보이지 않잖냐. 그런 것과 같은 거야. 간절함이 있어야 너를 붙잡고 매달릴 거 아니냐?

"음! 그러니까 나만 잘하면 된다는 거잖아요?"

—그래, 너만 잘하면 되는 거야.

약간 부담도 되지만, 좋은 일을 위해서라면 부담쯤이야 얼마든지 감수할 수 있다.

"아무튼 간에 그럼 시작해 볼까요?"

한결은 한태신에게 메시지를 보내 안성중공업에 대한 정보를 요청했다.


[나 : 안성중공업의 정보를 가져다주시면 4/4분기는 아

주 따뜻하게 보낼 수 있을 겁니다]

[한태신 : 하루만 시간을 주시면 빠삭하게 알아 오겠습니다!]


"그냥 물어 버리는데요?"

—좋아, 한태신이 정보를 물어 오면 그때부터 우리도 작전을 꾸며 보자고.


§ § §


원자재 판매상들에 대한 투자기획을 철회하는 회의가 마무리되었다.

이제 드디어 재무관리실의 운명이 결정되는 것이다.

한결은 임 상무의 부름을 받고 투자본부장 집무실로 향했다.

"본부장님, 신 과장입니다!"

"음, 그래, 들어와."

인기척을 내고 집무실 안으로 들어가자 전무이사 이태벽이 집무용 의자에 앉아 있었다.

한결은 이태벽에게 꾸벅 고개를 숙였다.

"전무님 나오셨습니까!"

"그래, 신 과장, 아직 식전이지? 점심이나 같이 하지."

"넵!"

자리에서 일어선 이태벽은 두 사람을 대동하고 회사를 나왔다.

이제 제법 쌀쌀해진 날씨에도 불구하고 이태벽은 식당을 찾아서 걸었다.

"신 과장은 가족관계가 어떻게 되나?"

"외아들입니다!"

"음, 그래?"

무려 전무이사가 상무이사까지 대동한 채 걷자길래 뭔가 대단한 말이 나올 줄 알았지만, 이런 소소한 얘기들을 했다.

잠시 후, 세 사람은 분식집 앞에 멈춰 섰다.


[윤이네 분식]


"여기 닭갈비덮밥이 맛있어."

─…이 친구 취향이 나랑 비슷하네. 마음에 들어!

화려함보다는 소박함. 그것이 아마 이태벽의 취향인 모양이었다.

"저도 여기 잘 압니다! 이 근처에서 제일 싸고 양 많이 줘서 점심시간에도 사람이 엄청 많잖습니까!"

"하하! 맞아, 내가 젊은 시절부터 쭉 장사를 해 온 집이지."

"같은 집 단골이시군요!"

한결도 잘 아는 윤이네 분식은 직장인들의 핫플레이스다. 그래서 30분 웨이팅은 기본인데, 배달을 시키면 그나마 좀 나은 편이었다.

세 사람은 줄을 서서 사람이 빠질 때까지 기다렸다.

"자네는 이런 평범한 일상에 대해 어떻게 생각하나?"

"예?"

"일상의 소중함 말이야. 회사에서 열심히 일하고, 점심에는 좋아하는 것을 먹고, 퇴근 후에는 맥주도 한잔하고. 이런 일상에 대한 소중함을 느낀 적이 있나?"

이 질문을 하기 위해서 형제관계라든지 일상적인 질문을 한 모양이었다.

마치 면접을 보는 것 같은 기분이지만 한결은 소신 있게 답했다.

"이런 일상을 위해 무던히도 노력하며 사는 것 아니겠습니까?"

"일상을 위해 노력한다……. 야망 때문이 아니라?"

"사람은 저마다 지향하는 바가 다 다르잖습니까. 누구는 야망 때문에 그렇게 열심히 일하는 것이겠지만, 저 같은 경우엔 이런 일상을 지키기 위해 최선을 다하고 있습니다."

"그렇군."

한결은 왜 이런 질문을 하나 싶었지만, 딱히 의문을 표하지는 않았다.

그런 의문에 답을 준 쪽은 오히려 임 상무였다.

"이번 회의에서 자네의 직위해제가 결정되었어."

"⋯⋯⋯⋯예?"

"재무이사의 말에 따르자면, 자네의 조사행위가 자신의 직권을 이용한 내부고발이라는 것이 그 이유였어. 경영진 과반이 찬성했고, 자네는 이제 직위해제가 될 거야."

너무나도 황당한 소리가 아닐 수 없었다.

그렇게나 열심히 일해 줬는데 내부고발이라는 말도 안 되는 죄목으로 사람의 목을 칠 수 있는 것인가?

-재무이사가 끝까지 발악을 했나 보군.

'⋯어쩐지, 감이 겁나게 안 좋더라니만.'

-그래도 어느 정도 예상은 해서 그런지 타격감이 별로 없네?

'너무 황당해서 그런지 열도 안 받네요.'

-큭큭! 원래 뒤통수를 맞으면 그래. 얼얼해서 아무 생각도 안 나지.

황당한 나머지 일말의 분노조차 느껴지지 않았다.

황망한 표정으로 서 있는 한결에게 이태벽이 물었다.

"자네, 외동이라고 했지? 우리는 형제가 있어."

"예?"

"IL그룹 말이야. IX홀딩스의 방계회사이고 현재까지도 자금이동이 원활한 기업집단이지."

이태벽은 한결에게 '인사이동명령서'라는 제목의 서류를 건네주었다.


[인사이동명령]

[대상자 : 신한결 과장]

[대상지 : IX홀딩스 투자연결팀]


"어?"

"우리는 자네를 직위해제하는 대신 모회사와의 투자연결을 담당하는 공동파견팀의 팀장으로 보내기로 했네."

이태벽은 내부고발자고, 낙인이 찍혀 버릴 한결을 아예 모회사로 보내 그 직위를 보전하고 오히려 커리어를 지켜 주기로 한 것이었다.

"너무 갑작스럽지? 당황스럽기도 할 것이고."

"아, 아무래도 좀……."

"재무이사를 해임하는 데 워낙 반대세력들의 저항이 많아서 어쩔 수 없이 우리도 한 수 내어 줄 수밖에는 없었다네. 하지만 본사에서 이 소식을 듣고 자네를 직접 픽업해서 이동시키기로 결단을 내렸지."

"아!"

임 상무는 웃으며 한결의 어깨에 손을 올렸다.

"자네를 살리겠다고 전무님께서 직접 추천서를 쓰고 본사 인사팀과 회동까지 가지셨어."

"정말 감사드립니다!"

"아마 앞으로는 전무님을 자주 뵙게 될 거야, 신한결 차장."

"아! 정말 감사드… 예? 차장이라니요?"

이태벽은 한결에게 과장에서 차장으로 승진을 명령하는 인사명령서를 전달했다.

"축하해. 과장에서 차장으로 승진했어, 자네."

"헉! 감사드립니다!"

"물론 자네가 본사로 이동하는 것에는 한 가지 조건이 있어. 평사원들은 잘 모르는 사실이지만, 우리 회사의 대표이사 자리를 공석으로 만들려는 사람들이 많아. 우리는 그 자리를 지키기 위해 자네가 지금처럼 무역투자를 계속해서 성공해 주기를 바란다네."

너무나도 뜻밖의 사실이었다.

–대표이사를 해임해?

'HMN의 입김이 작용하고 있는 걸까요?'

–아마도 그런 것으로 보이지 않냐?

'흠.'

–아무튼 간에 이런 소나기를 피해 가기 위해 모회사로 자리를 옮기는 것도 나쁜 선택지는 아니야. 그러는 김에 승

진도 하고.

'그러게요. 정말 나쁘지는 않네요!'

─이렇게 되면 이제 선택지가 더 다양해지는 거지. IX홀
딩스에서 남은 커리어를 보충하면서 CFA를 딸 수도 있는
거고, 아니면 차장 달고 이만 IX와는 안녕할 수도 있는 거
고.

'와! 일이 이렇게 풀릴 수도 있는 거구나.'

뭔가 운이 좋았다.

어떤 결과가 나오든, 어떤 선택을 하든, 좋은 쪽으로 풀
릴 수 있는 기반이 마련되었다.

"오늘은 내가 살 테니 마음껏 먹어."

"감사합니다!"

"아참, 오늘 저녁은 팀원들이랑 같이 먹게. 자네가 할 말
이 많을 거야."

그는 한결에게 또 한 장의 인사명령서를 건네주었다.

§ § §

그날 저녁, 한결은 어깨가 축 처져 있는 팀원들을 데리고
대폿집으로 향했다.

그야말로 우거지상이 되어 버린 팀원들에겐 그 어떤 말
을 해도 귀에 들리지 않는 듯했다.

"…설마하니 상무님이 우리 뒤통수를 칠 줄이야."

"직위해제라니요! 우리가 얼마나 열심히 일했는데!"

투자기획팀에 전달된 것은 팀의 해체, 그리고 팀원들의 직위해제였다.

이러한 처분을 받았다는 것에 화가 나고 분하기도 했지만, 자신들의 성과를 인정받지 못했다는 것에 더 억울해했다.

한결은 그런 그들의 앞에 인사명령서를 꺼내 보였다.


[인사이동명령서]

[대상 : 투자기획팀]

[대상지 : IX홀딩스 투자연결팀]


"앞으로 우리 투자기획팀은 IX홀딩스로 소속을 바꿔 모회사의 투자지침을 IX인터에 전하고 직접 투자기획을 수립하는 업무를 담당하게 될 겁니다."

"어?!"

"전무님께서 내리신 결단이고, 우리에게도 나쁠 것 없다고 판단되는 인사이동입니다. 그렇지 않아요?"

순간 팀원들은 이게 무슨 일인가 싶어서 잠시 동안 말문을 떼지 못했다.

그러다가 일순간 탄성이 터져 나왔다.

"우와아! 본사 영전?! 이렇게 갑자기?!"

"이게 다 팀장님 덕분입니다! 팀장님, 존경합니다!"

"다음 주부터는 역삼동으로 출근하게 될 겁니다. 참고들 하세요."

재무이사는 한결뿐만 아니라 그 팀 전체를 어떻게든 날려 버리려고 발악을 했었고, 그 결과가 바로 직위해제였던 것이다.

하지만 이태벽 전무는 그 결정을 비틀어 모두에게 해피엔딩이 되도록 마무리했다.

팀원들이 이제 막 승리를 자축하려는 그때였다.

딩동!

[메시지]

[함 과장 : 퇴사하겠습니다. 그래도 불명예 퇴직까진 가지 않도록 해 주셔서 너무 감사하고, 이직의 기회가 생길 수 있도록 배려해 주셔서 감사합니다. 이 은혜, 절대 잊지 않겠습니다.]

결국 함 과장은 본사 영전에 함께하지 않겠다고 선언했다.

만약 그의 뜻이 그렇다면 한결도 굳이 잡을 생각까지는 없었다.

-생각보다 심지가 굳네?

'그러게요. 덕분이 일이 잘 풀린 것도 있는데, 약간은 아쉽기도 하네요.'

-원래 인연이라는 게 다 그런 거 아니겠냐?

어쩌면 좋은 인연, 훌륭한 인재를 얻을 수도 있었다.

하지만 함 과장과 한결의 인연은 딱 여기까지인 것이다.

제11장
**귀신버스**

다음 날, 한태신은 약속한 대로 자료를 보내 주었다.

한태신이 보내 준 자료는 꽤나 세세했다.

자료에는 안성중공업이 언제 설립되고 법인설립은 언제 했으며, 상장 이후의 행보는 어땠고 지금은 어떻게 돈을 벌고 있는지 자세히 나와 있었다.

"1995년에 설립했고 2010년에 기업공개 이후 코스닥에 상장했네요?"

－2009년쯤에 법인전환 이후 곧바로 상장을 준비한 것 같은데, 거의 15년간 크게 존재감이 없다가 근 10년 만에 대박을 터뜨린 케이스지.

"위의 자료가 전부 사실이라고 가정한다면요?"

－그래, 저게 다 사실이라고 한다면.

한결은 차상식이 왜 저렇게까지 안성중공업을 작전주로 의심하고 있는 것인지 궁금하지 않을 수 없었다.

"그런데 아저씨는 어떤 부분에서 안성중공업이 작전주라고 생각하는 거예요?"

-안성중공업이 대기업 공동 R&D 성과로 음극소재를 개발했다고 했지?

"네, 그랬죠. 그래서 방장들이 너 나 할 것 없이 매입에 들어가네 마네 했잖아요."

-내 생각엔 그게 바로 깡통 바이럴이야.

"…음극소재 개발 호재가 뜬소문이라고요?"

-한번 생각해 봐. 네가 만약 중국이랑 한창 배터리 경쟁을 하고 있어. 원천기술? 끽해야 2~3년이면 따라잡아. 뼈대만 잡히면 살 붙이는 건 일도 아닌 건으로 경쟁을 하는데 과연 개발 호재를 발표해서 굳이 기술경쟁을 격화시키려고 할까?

"어? 그러고 보니 그렇네요?"

-첨단시장은 예전과는 달라. 남들보다 앞설 자신이 없다면, 혹은 당장에 상대방이 카피 제품을 들고 나와서 지랄을 떨어도 상관없을 정도의 확신이 없다면 정보는 절대 공개하지 않아.

"하긴 이차전지 음극소재라는 게 전기차 주행거리랑 연관되는 거잖아요?"

─그래, 고용량 실리콘 음극소재라는 것이 전기차 기술에서는 상당히 중요한 요소지. 지금 배터리 경쟁으로 한 해에도 수십조 원씩 돈이 오가는데 과연 그 카드를 먼저 까겠어?

"절대 아니겠죠!"

　─그래서 이게 깡통 바이럴이라는 거야. 앞뒤가 안 맞잖아. 그런데 더 웃긴 것은 실리콘 카바이드계 특허는 원래 안성중공업이 아니라 다른 회사가 가지고 있었다는 거지.

"아저씨가 그건 또 어떻게 알았어요?"

　─내가 그 특허를 가진 회사의 주주였거든.

"아! 맞다! 아저씨는 예전에 바이아웃 전문가였죠!"

　─그래, 대한민국의 잘나가는 벤처기업 중에 내 손을 거치지 않은 회사는 없었어. 그런데 내가 알기론 고용량 실리콘 관련 특허 중에 안성중공업이라는 이름은 없었어.

"짬밥이 쌓이니까 이런 것이 좋네요!"

　차상식은 한 번 들은 것은 절대 잊어버리지 않는다. 기억력이 너무 좋아서 괴로울 때가 있긴 해도 건망증과는 아예 거리가 멀다는 뜻이다.

　─나는 말이야, 미들 업다운 방식을 선호했던 사람이야. 그만큼 회사의 관리자들과 친하게 지냈었다고. 그런데 내가 모르는 실리콘 신기술 바이럴이 돈다고? 말도 안 되는 개소리지!

"안성중공업이 깡통 바이럴이라는 확신은 그럼 아저씨의 지식기반에서 나온 셈이네요?"

—당연하지.

"…오올! 좀 멋졌어요."

—나 원래 멋있어. 몰랐어?

"멋있죠, 자뻑만 좀 안 하면."

—크크큭! 아무튼 간에 안성중공업은 깡통 바이럴을 옆구리에 차고 있을 가능성이 거의 99%야.

"그럼 최근의 행보를 좀 더 자세히 알아보고 기업정보와 비교해 보면 답이 딱 나오겠네요."

—그렇지. 이제부터는 어디에서 어떻게 자료를 수집하고 정보를 모으느냐, 그게 관건이겠지?

"그거야 이제 걱정할 필요 없어졌죠. IX홀딩스로 자리를 옮겼으니까."

§ § §

한결은 용달차에 투자기획팀의 짐을 전부 싣고 IX홀딩스가 있는 역삼동으로 향했다.

수동기어가 달린 1톤 트럭을 몰고 도로를 달리는 한결의 폼이 제법 익숙해 보인다.

조수석에 타고 있던 권미림이 의외라는 듯이 물었다.

"팀장님은 트럭도 몰 줄 아세요?"

"CPA 준비할 때 밤에 알바로 택배를 뛰었었거든요. 야간배달만 한 3~4년 한 것 같은데요?"

"인생의 굴곡!"

"뭐 그런 걸로 인생의 굴곡까지야."

"사람들이 팀장님더러 낙하산이라고, 재벌 3세 아니냐고 했던 거 아세요?"

"내가 재벌 3세요? 우리 부모님이 들으시면 거하게 웃으시겠네요."

발 없는 말이 천 리를 간다고, 헛소문이라는 건 참으로 무서운 법이다.

잠시 후, IX홀딩스 본사에 도착했다.

파란색 통유리로 만들어진 45층 빌딩이 두 사람 앞에 웅장한 모습을 드러냈다.

"우와! 엄청 크다!"

"위압감이 장난 아닌데요?" 이 건물을 보니 사람들이 왜 본사 영전을 그토록 염원하는지 알 것도 같았다.

차를 지하주차장으로 몰고 들어가니 짐을 옮기려고 나와 있는 팀원들이 보였다.

부팀장을 포함한 네 명이 장갑을 끼고 대기 중이었다.

"우리 사무실은 몇 층이라고 했죠?" "16층 4호라고 했습니다."

"갑시다!"

건물 저층은 주로 상가에 임대하고 있기 때문에 16층이면 사실상 회사에서는 저층에 속한다. 그래도 투자연결팀 사무실은 엘리베이터를 타고 한참을 올라가야 한다.

짐을 들고 16층에 도착한 팀원들은 미간을 좁혔다.

어두컴컴한 것이 분위기가 썩 좋아 보이지는 않는다.

"…뭐지, 이건?"

"이 넓은 16층에 사람이 우리밖에 없나 본데요?"

보통은 회사의 규모가 크면 공실이 잘 나지 않는데, 이건 상당히 의외였다.

캄캄한 복도에서 두꺼비집을 찾아낸 한결은 16층의 전기를 올렸다.

타악!

그러자 눈앞에 놀라운 광경이 펼쳐졌다.

"…짐짝?"

"아이고, 이게 사무실이야, 창고야? 온갖 잡동사니는 죄다 짱박아 놨네!"

공동파견팀이라고 해서 양쪽 모두에게 지원을 받는다고 좋아했던 팀원들은 실망이 이만저만 아니었다.

-텃세를 부리네.

'본사에서 텃세를? 왜요?'

-안 그래도 무한경쟁 사회에서 밥그릇 싸움을 할 팀이

하나 더 늘었는데, 좋게 보겠냐?

'아! 그러고 보니 그러네?!'

IX홀딩스는 지주회사이기도 하지만 본업은 원래 종합투자회사로 시작된 곳이다. 무역계열사로 투자금이 유입된다는 것을 못마땅하게 여기는 사람들도 많을 것이 분명했다.

한결은 손뼉을 쳐서 분위기를 환기시켰다.

짝짝!

"자! 움직입시다! 얼른 사무실 복도부터 싹 정리하고 우리만의 보금자리를 만들어 보자고요!"

"맞습니다! 원래 큰 회사일수록 텃세가 심하다는 말도 있잖아요!"

"맞아요! 제가 얼른 걸레부터 좀 빨아 올게요!"

팀원들은 자신에게 맞는 일을 찾아서 일사분란하게 움직이기 시작했다.

한결은 두 대리를 데리고 큰 짐들을 빈 사무실로 옮겼고, 이명선 대리는 두 사원과 함께 복도를 깔끔하게 쓸고 닦고 잡동사니들을 옮겼다.

그렇게 움직이다 보니 어느새 점심시간이 훌쩍 지나가 버렸다.

"와… 벌써 2시네?"

"내일부터 정식출근인데, 이대로라면 첫날을 청소로 날려 버리겠는데요."

"업무지시서는 내려왔나요?"

"투자기획서 재구성해서 본사 구조조정본부로 올리라는 지시가 있었습니다. 조정된 포트폴리오는 자산운용실에 올려야 하고요."

할 일이 산더미인데 뭐 이렇게까지 사람을 굴리려 작정한 것인지, 한결은 황당해서 웃음마저 나왔다.

"신고식 한번 제대로 치르네."

"팀장님! 자장면 사 주세요! 먹고 힘내서 일하면 되죠!"

"난 짬뽕!"

팀원들이 긍정적이라서 다행이다.

한결은 피식 웃으며 팀원들을 이끌었다.

"나갑시다! 가서 자장면에 탕수육도 좀 먹고 그러자고요!"

"오옷!"

팀원들이 자장면으로 대동단결을 하고 있는데 엘리베이터에서 사람 내리는 소리가 들린다.

팅!

일단의 남자들이 복도에 들어섰다.

"와… 이게 다 뭐야? 창고정리를 다 해 놓으셨네?"

"어디서 오셨습니까?"

"투자연결팀 맞으시죠? 관리실에서 나왔는데요. 호수 배정이 잘못되었다고 해서 말입니다."

순간 한결의 눈썹이 꿈틀거렸다.

"···호수 배정이 잘못되었다니요?"

"16층이 아니고 26층이네요. 미안하게 되었습니다!"

곽 대리가 손에 쥐고 있던 걸레를 집어던졌다.

"아놔, 장난하시나!"

"그래서 미안하다고 했잖습니까. 아무튼 간에 26층은 비품관리실 바로 옆이고 사람은 아마 여러분들밖에 없을 겁니다. IX인터에서 신경 좀 써 달라고 해서 특별히 비운 거니까 문제 생기지 않도록 해 주십시오."

이 정도면 엿먹어 보라고 일부러 호수를 잘못 알려 준 것이 분명해 보였다.

하지만 한결은 굳이 화를 내지는 않았다.

'그래, 뭐, 그럴 수도 있지. 액땜했다고 생각하면야.'

―그나저나 관리실이 이 정도인데, 다른 팀은 어떻다는 거냐?

차상식의 놀리는 말투가 왠지 앞으로 있을 미래를 예언하는 것 같았다.

관리실 직원을 따라 다시 짐을 들고 이동했다.

26층 2호실을 배정받았다.

30평 정도 되는 크기에 집기며 생활가전이 전부 옵션으로 설치되어 있었다.

"원래 중역 숙직실로 쓰던 곳인데, 하도 이용들을 안 하셔서 공실이 되었습니다. 운 좋은 줄 아세요. 이런 사무실

웬만해선 못 얻어요."

심지어 숙직용 원룸에 넓은 발코니, 어지간한 회사 옥상
만 한 베란다까지 갖추어져 있었다.

팀원들은 그제야 환한 미소를 지었다.

불쾌한 기분이 어느 정도 가셨다.

"…팀장님, 이거 꿈 아니죠?"

"전무님이 본사랑 직접 미팅까지 하셨다더니 이렇게까지
신경을 써 주셨네요."

"그럼 자장면은 시켜 먹어요! 베란다에서!"

"그럼 그럴까요?"

이사 첫날치곤 나쁘지 않다는 생각이 든다.

§ § §

IX홀딩스의 정보력은 그야말로 신세계나 다름이 없었다.

단순히 무역정보만을 가지고 있던 곳이 IX인터라면, IX
홀딩스는 금융과 투자까지 아우르는 멀티플레이어였다.

[이차전지 시황 종합]

서버관리실에 이차전지 관련 자료를 보내 달라고 부탁했
더니 무려 300페이지가 넘는 분량의 자료가 도착했다.

'이야… 스케일이 다르네?'

−큭큭! 역시 출세가 좋기는 좋아! 그치?

'큭큭! 그러게요?'

한결은 이차전지 시황에 대한 폭넓은 정보가 담긴 자료를 읽기 시작했다.

자료를 보면 이차전지에 대한 중요성이 꽤 오래전부터 역설되어 왔지만, 이것이 시장에 직접적인 영향을 미치기 시작한 것은 경제위기가 닥치고 난 직후였다.

'이차전지 상승장이라는 게 결국에는 동아시아의 경제위기가 주된 원인이었네요?'

−경쟁력 상승의 근본적인 이유야 많겠지만, 지금 당장 시장을 조종하고 있는 호재로 따진다면 그렇다는 거지. 경제위기 직후에 이차전지 수요가 단시간에 급격하게 상승하면서 그 효율성에 대한 관심이 높아졌거든.

'그럼 지금의 급상승은 단순히 지나가는 상승장인 거고… 실제로는 아주 서서히 그 주가가 상승하고 있겠네요?'

−맞아, 주변에서 바이럴로 먹고 사는 부채질꾼들이 상승장을 만들겠다고 야부리를 털어 대니 개미들이 가만히 있겠어?

'음… 그렇다면 지금부터는 특허를 얼마나 더 많이 가지고 있느냐, 그 싸움이 되겠네요?'

-자료에 특허권 현황도 나와 있지?

한결은 차상식의 말에 따라 특허권에 대한 정보가 있는지 찾아보았다.

[…핵심 특허권 출원현황]

'있네요!'

-그중에 안성중공업이 있는지 찾아봐.

'잠깐만요… 아, 있어요! 있기는… 한데…………'

-큭큭큭. 그래, 이럴 줄 알았지.

§ § §

차상식은 회심의 미소를 지었다.

안성중공업이 가지고 있다던 고용량 실리콘 관련 특허는 ISA화학이라는 이름으로 등록되어 있으며, 안성중공업은 그 특허에 대한 일부 지분을 가지고 있는 것으로 나와 있다.

-이야! 이 새끼들은 어떻게 세월이 지나도 수법이 변하지를 않냐?!

'특허권에 대한 지분……. 헐! 이건 진짜 생각도 못 했네!'

-특허권이라는 게 등록 당시에 지분을 나눌 수도 있거

든. 만약 9:1로 지분을 나눴다, 그렇게 되면 10%라도 지분을 가진 사람은 특허에 대한 권리를 행사할 수 있어. 물론 특허권을 사고팔 때에도 10%의 지분을 가진 사람에게 허락을 받아야 하고.

'그래서 특허를 가지고 있다, 공시를 할 수도 있는 거고요?'

-그래, 하지만 그렇다고 해서 저 안성중공업이 특허의 원천기술을 가지고 대기업과 공동기획을 잡을 수 있느냐? 그건 아니라는 거지.

'ISA에서도 지분을 가지고 있을 테니까?'

-그렇지.

'와! 그럼 뭐야, 그냥 간판만 내걸고 사기를 치고 있는 거잖아요?'

-빙고!

특허권이 있는 것도, 그렇다고 없는 것도 아닌, 그저 간판을 이용한 사기극인 것이다.

한결은 내심 깨달았다.

이 바닥에서 차상식만큼 성공하려면 감각도 좋아야 하겠지만 눈썰미도 뛰어나야 한다고 말이다.

-오늘 저녁, 작업에 들어가자!

'작업? 어떤 방식으로요?'

-바이럴에는 바이럴로 맞서 줘야지. 안 그러냐?

한결이 한참 작전을 세우고 있는데 부팀장이 인기척을
냈다.

똑똑.

"팀장님? 뭘 그렇게 멍하니 보세요?"

"…네, 이 대리! 무슨 일이세요?"

"다름이 아니라 본사 기획회의에 투자연결팀장도 참석하
라는 공문이 내려와서요."

"기획회의? 투자 말입니까?"

부팀장이 한결에게 '기획회의 공문'이라고 적힌 서류를
건네주었다.

IX홀딩스의 기획회의는 내일 오후 지하 대강당에서 열리
며 팀장급 이상은 모두 참석을 요한다고 적혀 있다.

기획회의 주요 안건은 투자금융 운용방안에 대한 것이었다.

"투자금융이라……."

"IX홀딩스는 우리 파트너였던 제니스 캐피털만큼이나
그로스 캐피털에서 LP와 GP로 자주 이름이 등장하는 회사
입니다. 참석하시면 IX인터에도 많은 도움이 될 것이라고
생각합니다."

이제부터는 제대로 된 투자업무를 진행하게 될 것이라는
느낌이 온다.

–IX홀딩스라. 내가 바이아웃을 시작할 무렵, 거의 처음
으로 LP로서 투자에 나선 기업이었지. 실패한 투자도 많았

지만 걸출한 기업들도 많이 탄생시켰어. 이름만 들어도 다 알 만한 그런 벤처들 말이야.

'그렇다면 우리가 본사로 올라온 건 상당히 고무적인 일이었네요?'

―나도 일이 이렇게 풀릴 줄은 몰랐는데, 사실 이렇게 되면 굳이 사모펀드로 자리를 옮길 필요 없겠어. 여기서 경력을 쌓은 다음에 바로 개업을 해도 괜찮을 것 같아.

'IX홀딩스에 대한 평가가 생각보다 후하네요? 이 회사가 생각보다 튼실한가 봐요?'

―글쎄, 네 생각엔 어때? 내가 어떤 교육방식을 좋아하는 것 같아?

'속성교육?'

―큭큭! 잘 아네. 그래, 속성교육!

한결은 딱, 하고 감이 왔다.

IX홀딩스는 그야말로 늑대들이 우글거리는 야생의 사바나라는 것을 말이다.

§ § §

한결은 퇴근시간에 맞춰 회사를 나섰다.

퇴근길의 지하철은 오늘도 어김없이 만원이었다.

차상식은 출입구 앞에 서 있는 한결에게 물었다.

−그나저나 넌 왜 차를 안 사냐? 돈도 있으면서?

'지하철이 잘 뚫려 있으니까?'

−불편함을 못 느끼는 편이구나.

'왜요? 아저씨는 불편해요?'

−귀신이 불편할 게 뭐 있겠냐? 그냥 궁금해서 그러지.

'아저씨는 차 좋아했어요?'

−아니, 나는 20대 이후로는 차를 몰아 본 적이 없어. 자동차 회사 주식은 가지고 있었는데, 정작 차는 그다지 안 끌리더라고.

이 두 사람은 의외로 공통분모가 많았다.

어쩌면 차상식이 한결에게 달라붙은 것도 그런 이유가 아닐까 하는 생각이 들게 만들 정도였다.

'아무튼 간에 오늘 저녁에 바이럴을 살포한다고 했잖아요? 뭘 어떻게 하려고요?'

−시장을 흔드는 거지. 어떻게? 주식쟁이들을 움직여서!

차상식이 구사하는 전략의 가장 큰 특징은 '사람'을 이용한다는 것이었다.

그는 한결에게 조커가 되어 줄 카드를 골라 주었다.

−아까 회사에서 받은 자료들 있잖냐. 그거 파일로도 가지고 있냐?

'그럼요, 가지고 있죠.'

−거기서 이차전지의 미국시장 수출 동향에 대해서 찾아

봐.

한결은 IX홀딩스에서 가지고 있던 자료에서 미국시장의 이차전지 수급량에 대해 알아보았다.

그 결과, 작년부터 서서히 그 수급량이 감소하고 있다는 것이 한눈에 들어왔다.

'감소세로 돌아섰네요. 1년 전부터.'

─당연하지. 옥수수, 바이오디젤을 띄워 주려면 일단 원유와 이차전지부터 죽여야 하거든.

'…아! 생각해 보니 그러네. 원유 가격이 올라가면 이차전지가 다시 주목을 받을 테니, 지금은 수요가 바닥을 향해 서서히 가라앉고 있겠네요?'

─획기적인 신소재 발굴이 아닌 이상에야 수요 자체는 그렇게 많이 늘지 않았을 거야. 이제 그럼 너는 이걸 가지고 뭘 해야 하느냐…………

§ § §

증시가 열린 지 두 시간이 지났다.

한태신은 주식시장에서 파생상품 거래 버튼을 눌렀다.

[계약체결!]

"좋아."

그리고 얼마 후.

쾅!

한태신의 자리로 성큼성큼 걸어온 석인수 부장이 그의 멱살을 잡았다.

"야!"

"에헤이, 왜 또 이러십니까?"

"…이 새끼가 돌았나?! 갑자기 무슨 이차전지 풋옵션이야?! 미쳤어?! 옥수수 콜옵션이랑 원유 풋옵션은 그렇다 치더라도, 이차전지는 뭔데? 트레이더라는 새끼가 증시도 안 봐? 어?!"

"그럴 만하니까 건 거죠."

순간 한태신은 평소의 능글거리던 표정을 싹 지우고 진지한 얼굴로 돌변했다.

"어쭈? 이 새끼가 어디서 눈깔을 똑바로 뜨고?!"

"트레이더는 성과로 모든 것을 말한다고 하셨죠? 저도 그러려고 이러는 겁니다."

"하하하! 이 새끼가 오늘 아주 날을 잡았구나?! 오냐, 한 따까리 해보자!"

한태신은 어젯밤에 투자귀신으로부터 투자정보를 받았다.

이제 곧 투자귀신의 포트폴리오 구축이 시작될 것이니

따라올 생각이 있으면 그대로 포트폴리오를 구성하라는 것이었다.

'…투자귀신이 정보교환의 조건으로 준 것이다. 틀릴 리가 없어!'

만약 한태신이 일반인이었다면 투자귀신은 절대로 포트폴리오 구성이라든지 투자정보를 알려 주지 않았을 것이다.

투자귀신은 절대로 일반인과는 투자 포트폴리오를 논하지 않는 것으로 유명했기 때문이다.

한태신은 미국의 바이오디젤 장려정책이 이제 곧 한국시장 속 외국인 투자세력을 미국으로 이동시킬 것이라는 정보를 얻었다.

이제 이 정보를 바탕으로 적절히 자산을 운용하기만 한다면 지난번 1.1%의 손실쯤이야 얼마든지 메울 수 있을 것이었다.

물론 가려는 길이 결코 쉽지 않을 터이다.

지금의 시황은 그가 가는 길이 사지(死地)라고 말해 주고 있기 때문이다.

"너 이 새끼, 잘 들어! 만약 이번에 옵션 만기일이 되어서 손해만 봐봐! 아주 그대로 개작살이 날 줄 알아! 알겠어?!"

"만약 손실이 난다면 제가 옷을 벗겠습니다."

"…좋아, 해보자! 만약 내가 틀린다? 네 앞에서 석고대
죄라도 한다!"

"오케이! 약속하신 겁니다!"

"개소리 그만하고 짐 쌀 준비나 해, 새끼야!"

피할 수 없는 한판 승부가 될 것이다. 하지만 한태신은
자신이 있었다. 이번 싸움에서 자신이 질 것이라는 생각은
전혀 들지 않았다.

딩동!

장이 한창 진행 중이던 시점에서 투자귀신이 메시지를
보내왔다.


[친구 메시지]

[투자귀신 : 이차전지 풋옵션 매수포지션 갑니다. 마녀의
날에 보자고요]


선물과 옵션이 겹치는 3, 6, 9, 12월의 둘째 주 목요일에
는 파생상품의 만기로 인해 주가가 그야말로 요동을 친다.

이른바 '네 마녀의 날'에는 아마 시장이 뒤집힐 것이었
다.

'두고 보자, 이 새끼들아! 내가 제대로 대박 쳐서 아가리
뻥긋 못 하게 만들어 준다!'

§ § §

한편, 주식시장 커뮤니티에는 벌써부터 난리가 났다.

[…개미의 왕, 투자귀신의 귀환!]
[왕의 귀환, 과연 개미들에게 호재가 될 것인가?]

커뮤니티 게시판에는 그의 행보에 귀추를 주목시키는 잡지사 헤드라인이 즐비하게 올라왔다.

한편, '개미왕의 귀환'으로 피를 보는 사람들도 있었다.

"…아니, 씨발, 이게 뭔 말도 안 되는 소리여? 개미왕인지 지랄인지 하는 새끼 한 명 떴다고 주식시장이 이 지랄 난리라고?"

"투자귀신이요, 형님."

"투자귀신인지 몽달귀신인지, 내가 그딴 것까지 알아야겠냐?"

"아무튼 형님, 아무래도 이쯤에서 방 접고 잠수 타는 게 낫지 않겠습니까? 슬슬 호구들이 동요하기 시작하는데요?"

"씨발……. 저번에 그 강 박사 새끼가 프로그램을 사라고 했을 때 샀어야 하는 건데."

주식 리딩방을 운영하는 '그린우드 인베스트먼트'는 이

차전지 시장이 뜬다는 리딩방 커뮤니티 총책의 말만 믿고 벌써 100억 넘게 꼬라박아 놓은 상황이었다.

물론 이 돈은 호구들의 뒤통수를 쳐서 뽑아 먹은 돈이긴 했지만 말이다.

원래 리딩방은 자체적으로 운영하는 MTS 어플을 만들어서 호구들에게 돌리는 게 보통인데, 그린우드는 돈이 아깝다고 그 개발비용을 내지 않아 전용 어플이 없는 상황이었다. 그래서 현물자산이 시장에 묶인 채로 이렇게 발만 동동 구르고 있는 것이었다.

"뺄 수 있는 돈만 빼서 빠지죠? 이대로 가다간 이스트아시아 센트럴에서 무슨 지랄병을 떨지도 모르는 일인데 말입니다."

"하… 그 새끼들은 하여간 같은 리딩방 사짜끼리 너무 따지는 게 많아. 지네들이 무슨 조직 보스야? 왜, 이래라저래라 지랄인지 모르겠네."

"이참에 그냥 쨉시다!"

"그 새끼들이 호구냐? 우리가 쨀 때까지 가만히 보고만 있겠대?"

"듣자 하니 이번에 공정 뭐시기인가 하는 새끼들이 금융진단인지 지랄인지 한다고 난리라던데 말입니다."

"공정위겠지, 이 무식한 새끼야."

"아! 맞아요, 그거! 아무튼 금융진단이라는 게 보통 일이 아닌 것 같답니다!"

공정위는 금융가의 고객들이 아닌 금융종사자들의 뒤를 하나부터 열까지 다 털고 다니는 중이었다. 잘못하면 이대로 금융계 종사자 절반 이상이 회사에서 잘릴 수도 있다는 루머까지 나돌고 있었다.

"…공정위에서 그렇게까지 칼춤을 추다니, 이게 도대체 뭔 일이람?"

바로 그때였다.

주식시장 차트를 펼쳐 놓고 있던 그린우드 일원들의 귓가에 이상한 알람이 들려오기 시작했다.

딩동!

[보유주가 5% 하락]
[보유주가 5.5% 하락]
[보유주가 5.8% 하락…]

그야말로 실시간으로 주가가 하락하고 있었다. 그들이 사기를 치겠다고 사 두었던 안성중공업을 시작으로 이차전지 관련주 21개가 한 방에 주저앉고 있는 것이었다.

"어이구, 씨부랄! 이게 갑자기 무슨 말도 안 되는 소리야?!"

따르르르릉!

"형님! 지금 호구들한테서 전화 오고 난리인데요?!"

"쌍까, 이 새끼야! 지금 그게 문제야? 우리가 뒈지게 생겼는데!"

"이런, 씨발! 형님, 리딩방 커뮤니티에서 다들 손 털고 나가겠다고 지랄병들을 떠는데요?!"

"…와, 이게 도대체 뭔 지랄이야? 설마 그 귀신이라는 새끼 하나 때문에 일이 이렇게까지 된 거야?"

제12장
왕의 귀환

IX홀딩스의 투자회의는 예정보다 세 시간 앞당겨서 열렸다.

　"이차전지 관련주가 이렇게 폭락하는데 우리도 뭔가 선재 조치를 해야 하는 것 아닙니까?"

　"흠……."

　"벌써 관련주가 12%가 빠졌다는데, 이걸 보고만 있어선 안 될 거라는 거죠."

　"그래도 우리가 가진 주식에서 이차전지 관련주가 차지하는 비중이 그리 크지 않은데 굳이 철수까지 생각해야겠습니까?"

　"이차전지가 문제가 아니라 원자재가 더 큰 문제라는 겁니다."

지금 IX홀딩스는 이차전지 관련주 하락으로 아주 매서운 채찍 맛을 보고 있다.

　─이게 바로 채찍효과라는 거지. 이차전지 하락은 니켈, 구리의 하락을 불러오고, 그것은 유가의 추가 하락의 신호탄이 되는 것이고. 다 그런 거지, 뭐!

　'와… 어떻게 풋옵션 한 방에 시장을 이렇게 뒤집을 수 있어요?'

　─내가 말했지? 시장을 흔드는 건 바이럴이라고. 하지만 바이럴은 때론 트리거가 되어 주기도 해. 우리는 이차전지 하락이라는 트리거를 당겼지만, 실제적으로는 그 안에 숨어 있던 리스크가 터지기 시작한 거야. 지금부터는 시장에 내재되어 있던 리스크와 악재들이 터져 나오기 시작할 것이고.

　'그렇다는 건, 이 상황 자체가 이미 예견된 일이라는 거네요?'

　─당연하지. 나도 없는 현상을 만들어 낼 정도의 힘은 없어. 그건 월가의 유명한 사모펀드나 기업사냥꾼들에게나 해당되는 얘기고.

　'어쩐 일로 겸손을?'

　─…겸손이 아니고 팩트야, 팩트.

　'아무튼 간에 앞으로는 어떻게 움직이면 되는 거예요?'

　─우리? 할 거 없어. 그냥 옵션 만기까지 기다리면 되는

거지.

'음…… 그럼 한 보름쯤 남은 거네요?'

네 마녀의 날은 앞으로 14일 남았다. 그때까지 한결은 회사에서 착실하게 투자업무만 잘해 내고 있으면 되는 것이다.

-아무튼 이번 작전으로 깨달은 게 있을 것 같은데?

'있죠. 리스크를 골라내고, 그것을 하나로 엮어서 터뜨리는 것. 그게 바로 작전주 사냥의 기본이라는 것.'

-그래, 그게 기본이다. 잘 기억해 둬. 이제 곧 진짜가 시작될 테니까.

'진짜라니요?'

-기다려 봐. 아직은 진짜가 나타날 때는 아니니까.

'뭐, 알겠어요.'

차상식과 대화하느라 약간 넋 빠진 표정이 되어 있는 한결에게 IX홀딩스의 자산운용실장 공유찬이 걸고 들어왔다.

"이봐, 신 차장."

"…넵!"

"뭘 그렇게 넋을 빼고 있나? IX홀딩스와 IX인터를 연결하는 고리 역할을 하려면 적어도 이럴 때 그럴싸한 대안 하나쯤은 내놓아야 하는 것 아닌가?"

역시 신입(?)이 성장하기 위한 기회와 배려를 해 주는 회사는 아니었다.

-어이쿠, 무서라. 우리 꼬맹이, 기저귀에 지린 거 아니지?

'지리긴 뭘. 이 정도로 지릴 거면 IX홀딩스에 오지도 않았어요.'

한결은 공유찬 상무의 질문에 아주 힘차게 대답했다.

"대안은 홀딩입니다!"

"홀딩?"

"미국의 긴축이 언제까지 지속될지도 모르는 판국에 남들처럼 부화뇌동해서 가진 물량을 다 팔아 치우는 것보다는 적당히 현상을 유지하면서 오히려 시세보다 하락한 가격에 수출입 물자를 비축하는 것이 유리하다고 생각됩니다!"

"…완전히 수출상의 마인드로군. 누가 장사치 아니랄까 봐."

공유찬은 더 이상 한결을 갈구지 못하고 입을 다물었다.

종합상사 관계자가 할 수 있는 가장 정석적인 답변이었기 때문이다.

"그럼 IX인터는 신 차장이 물자비축 프로젝트 기획 짜서 홀딩으로 포지션 잡는 것으로 합시다."

"네!"

§ § §

투자귀신 강림 일주일째.

이차전지 시장에서 외국인 투자자들이 탈주하여 서서히 텍사스 중질유 시장으로 넘어가기 시작했다.

[…투자귀신 나비효과, 도대체 어디까지인가?]

[투자대세론 뒤집는 투자귀신, 10년 만의 왕의 귀환 실감…]


"와! 진짜 바이럴 제대로 탔네?"

―봤냐? 이게 바로 심리전이라는 거야. 난 진짜 아무것도 한 거 없는데 커뮤니티에서는 난리가 났잖냐. 사람의 심리라는 게 원래 그래. 어차피 일어날 일이지만, 그걸 예견하고 앞서 행동하면 시장의 신이 되는 거야.

"그러니까, 저 리딩방에서 사기를 치는 놈들이랑 방법은 같은 거네요?"

―…새끼는, 꼭 비교를 해도.

"방법은 같지만, 아저씨는 조금 더 거시적이고 세밀하게 판을 짰다는 게 다른 거잖아요? 조금 더 전문적으로 접근한 것이고."

―뭐, 그렇긴 하지. 아마 저런 하꼬 새끼들은 죽을 때까지 우리가 어떤 방식으로 바이럴을 만들었는지 까마득하게 모르고 있을 거다.

리딩방과 차상식 전략의 가장 큰 차이점이라고 한다면, 아마 기둥이 되는 핵심정보일 것이다.

이것을 모르는 자는 개미들을 흔들지만, 아는 자는 시장을 흔드는 것이다. 이게 바로 레벨의 차이이다.

—아무튼 이제는 이 투자귀신이라는 타이틀을 네가 물려받을 차례야. 알겠냐?

"와⋯ 그건 좀 부담이 되는데요?"

—지금부터는 시장의 변화에 빠르게 대처해야 해. 지금 외국인 투자자들이 중질유 시장으로 탈주하고 있다고 했지? 이제 곧 원유 가격은 오르고 달러화 시장으로 사람이 몰려들어 달러화 가치가 약간 내려갈 거야, 시장에 풀린 돈이 많아졌으니 말이야.

"그럼 달러화 하락장으로 포지션을 잡아야겠군요?"

얼마 전, 한결은 10억의 주식매도를 통해 현금을 마련했고 옵션투자 및 환율투자로 벌어들인 돈 2억을 합쳐 총 12억의 투자금을 주식계좌에 넣었다. 또한, 차상식의 계좌에 남아 있던 우수리 5억을 더해 도합 17억의 시드머니를 마련했다.

"지금 이차전지 옵션에 7억이 들어가 있으니까 5억만 달러 하락에 넣을까요?"

—아니야, 이참에 아주 한 방 제대로 쳐서 리딩방까지 탈탈 털어 버리자. 내 차명계좌로는 해외 달러 옵션도 구매할 수 있거든? 이참에 아예 제대로 뺑튀기해 버리지, 뭐.

"이 시점에 계약한다고 해도, 먹어 봤자 얼마 안 될 것 같은데요?"

—인마, 배포를 좀 크게 가져 봐! 우리가 노리는 건 옵션

자체가 아니야. 내가 말 했잖냐, 작전주를 먹는다니까?

"엉? 선물옵션을 거는데 어떻게 작전주를 먹어요?"

차상식은 피식 웃음을 지었다.

그리고 한결에게 가르침을 내렸다.

-짜식이 통이 작네. 안성중공업이 휴짓조각이 되면, 우리가 그 회사를 먹자는 거잖냐.

"헉! 회사를 먹다니?!"

§　§　§

한태신은 여전히 회사에서 모진 구박을 감내하고 있었다.

"나흘 남았다. 짱구 잘 굴려 봐!"

"…물론이죠."

장이 마감된 후, 한태신은 축 늘어지듯 의자에 기대어 앉았다.

하루하루 긴장감으로 온몸이 녹아내릴 것만 같았다.

하지만 한태신은 끝까지 투자귀신을 추종했다.

'믿는 구석이 있으면 두려울 것이 없지!'

투자귀신의 포트폴리오 구성은 대담하다 못해 저돌적이었다.

[달러화 선물옵션 풋옵션 매수]
[바이오디젤 관련주 콜옵션 매수]


'…미쳤네. 아예 작두를 타고 있잖아!'

그야말로 종횡무진. 시장을 가지고 논다는 생각밖에는 들지 않았다.

도대체 저런 확신은 어디서 나오는 것인지 그저 신기할 따름이었다.

투자귀신의 횡보는 커뮤니티 전체를 흔들고 있었다.


−미쳤네. 도대체 귀신 저 새끼 때문에 이차전지가 얼마나 작살나는 거야?

−사필귀정! 있지도 않은 호재 찾으면서 땅이나 파 재끼고 있었으니 당한 놈들이 붕신 아니냐?

−작두 타는 모습 진짜 오랜만이네. 귀신님, 저도 좀 데려가 주세요!

−큭큭! 귀신이 잡아가면 뒈지는 거 몰라서 그러냐?

−뒈져도 좋다! 열 장만 거하게 먹어 보면 뒈져도 여한이 없겠네~.


사람들은 모두 투자귀신의 행보에 귀추를 주목하고 있었다.

근 10년간 시장에 나타나지 않았던 사람의 행보라곤 도저히 믿을 수 없을 정도의 영향력이었다.

'이제 이것들이 제대로 터져 주기만 한다면!'

따르르르릉!

커뮤니티를 살피고 있는 그의 귀에 유선전화기 벨소리가 들려왔다.

내선전화였다.

"네, 한태신입니다."

―감사팀입니다!

"감사팀이요?"

갑자기 감사팀에서 뜬금없이 무슨 일일까?

"무슨 일이신데요?"

―혹시 안성중공업 주식 가지고 있어요?

"아니요, 전 없는데요. 갑자기 왜 그러세요?"

―팀 내에 안성중공업 주식 가진 사람 얼마나 있어요?

"글쎄요……. 부장님이랑 해서 한 대여섯쯤?"

―큰일이에요! 다들 던지라고 하세요! 얼른!

"네? 갑자기 그게 무슨 말입니까?"

―공정위에서 안성중공업에 대한 수사에 착수했다고 합니다! 아무래도 작전세력에게 잘못 물린 것 같아요!

"전달하도록 하겠습니다. 감사합니다."

이차전지 관련주 중 강소기업의 희망이라 불리는 안성중공업이 공정위의 철퇴를 맞다니. 이대로 간다면 부장을 비롯한 팀원들 대여섯은 수백억대의 손실을 입게 될 것이 분명했다.

이차전지의 간판이 무너지면 관련 산업들은 그대로 문을 닫아야 할 위기에 놓이게 될 것이기 때문이다.

한태신은 쾌재를 불렀다.

"아싸, 대박!"

§ § §

드디어 운명의 날이 찾아왔다.

네 마녀의 날에 맞춰 주식시장은 그야말로 아수라장이 되어 버렸다.

그동안 이차전지로 몰렸던 자금들이 한 방에 빠지면서 안성중공업이 몰락의 사태를 맞이하게 된 것이었다.

그것은 청진에셋 역시 마찬가지였다.

"안성중공업, 거래정지되었습니다! 금감원에서 자금동결 조치에 들어갔고, 공정위에서 자산매각금지를 걸었답니다!"

"씨X! 완전히 개 박살이 나 버렸군!"

삼일 연속 하한가를 찍었던 안성중공업이 결국 거래정지를 당하면서 관련 주가도 결국 파국을 맞이하게 되었다.

"이차전지 관련 소재 전부 바닥입니다! 규소, 니켈, 구리는 50% 하락했습니다!"

"아, 젠장! 빌어먹을!!"

석인수 부장은 머리를 쥐어뜯었다.

얼마 전까지만 해도 시장을 하드캐리하던 종목이 그대로 시궁창에 처박혀 버렸다.

하지만 이것은 이미 예견된 사태였을 뿐이다.

석인수 부장의 눈길이 자연스럽게 한태신에게로 향한다.

"…한태신, 청산결과 얼마야?"

"진입가 350억, 청산가 1,200여 억입니다. 총수익 242%로 마무리했습니다."

"씨발……."

한태신은 웃으며 석인수 부장에게 말했다.

"자! 그럼 석고대죄하시죠!"

"……뭐?"

"석고대죄하시라고요. 저한테 그렇게 인격 모독을 하셨으면 최소한 무릎은 꿇으셔야 하는 것 아닙니까?"

석인수 부장은 얼굴이 빨개져선 뒤도 돌아보지 않고 사무실을 나섰다.

아마 앞으로 석인수 부장은 회사에 발을 붙이기 어려울 것이다.

"이 바닥, 투자성과가 전부 아닙니까? 아하하하!"

돌아서 나가는 부장의 뒤통수에 대고 시원하게 한 방 갈겨 주니 그야말로 속이 뻥 뚫리는 기분이다.

투자귀신의 충신은 살아남았고, 드디어 광영을 맞이했다.

한태신은 당장 왕의 행보가 어떻게 되었는지 알아보기 위해 커뮤니티를 열었다.

커뮤니티는 왕의 귀환을 자축하는 세레머니로 가득했다.


-왕을 믿었고, 벌었다! 으하하! 드디어 나도 수익이 플러스야!

-…씨발! 내 믿음이 부족했다. 아, 왕이시여!

-귀신님, 사랑합니다!

-살았다. 잘못했으면 마누라랑 이혼할 뻔했어. 이참에 주식 끊는다. 왕이시여, 감사합니다!


일반인들은 투자귀신의 코치를 받지 못했지만, 적어도 투자귀신이 스캠주와 작전주를 구별해 냈다는 것만큼은 확실하게 알고 있었다.

잘못해서 파탄지경에 이를 뻔했던 가정들은 살아남았고, 투자귀신의 명성은 드높아졌다.


§ § §


네 마녀의 날에 박살이 난 것은 이차전지뿐만이 아니었다.

IX홀딩스의 공유찬 상무는 한결이 가지고 온 '이차전지

파동에 의한 투자조정 보고서'를 받았다.

"달러화 가치는 전문가들의 예상을 벗어나 불과 보름 만에 250원이나 후퇴했다······. 그 직후 텍사스 중질유 가격이 배럴당 70달러까지 상승하면서 시장이 뒤집혔다고 되어 있군?"

"시황종합은 그렇게 마무리되었습니다."

공유찬 상무는 피식 웃으며 투자조정 보고서를 책상 위에 툭 던졌다.

"제법이군. 석유 가격이 이렇게 급격히 올라가면 당연히 원자재 가격도 올라갈 텐데, 홀딩전략이 아주 정통으로 먹혔어."

"운이 좋았습니다."

"그런 말 몰라? 운도 실력이다."

IX홀딩스 공유찬 상무는 그 누구보다 실력주의자였다.

학력, 스펙 따위는 공유찬 앞에선 의미가 없었다. 오로지 실력과 실적으로만 사람을 평가한다는 뜻이다.

-저 꼴통이 너를 좋게 본 모양인데?

'마수걸이치곤 괜찮았다고 봐야 할까요?'

-뭐, 그럭저럭?

공유찬은 한결에게 두툼한 서류뭉치를 하나 건네주었다.


[IX홀딩스 해외투자 기획안]

"자네가 봤을 때, 요즘 가장 핫한 시장은 어디인 것 같아?"

다소 뜬금없는 질문이지만, 요즘 시황에서는 아주 핵심적인 질문이기도 했다.

한결은 개인적인 견해를 피력했다.

"한국 입장에서 봤을 때에는 동남아입니다."

"조금 더 거시적으로 본다면?"

난해한 질문이다. 지금은 아시아 경제상황 하나만 분석하는 것도 버거울 지경이었기 때문이다.

하지만 투자자는 어떤 상황에 직면하든 다각도로 분석할 필요가 있는 사람들이다.

"브릭스(BRICS) 아니겠습니까?"

"그렇지. 5대 이머징 마켓, 즉 5대 신흥국인 브릭스 국가들이 대세라고 할 수 있겠지."

최근 국제경제는 선진국들의 위상이 축소되는 대신, 대형 신흥국 시장이 급부상하고 있다. 브라질, 러시아, 인도, 중국, 남아프리카공화국이 바로 그 5대 신흥국인데 압도적인 인구와 면적 등으로 미국을 잇는 새로운 강자들이 바로 그들이었다.

－거시적 관점, 괜찮네! 헛배우진 않았어.

차상식도 인정할 정도로 최근 투자시장의 핫 이슈는 바로 브릭스 국가들이었다.

"이 5대 대세 국가들 중에서 우리는 최근 브라질에 집중하고 있어. 자네도 알다시피 IX홀딩스는 일반금융보다도 산업금융에 조금 더 많은 투자비중을 할애하고 있거든."

"그렇군요."

"나는 자네에게서 어떠한 자질을 보았으나 아직은 그 자질에 대한 확신은 없어. 그래서 이번에 그 자질이 무엇인지 확실히 알아보려 해."

-제법 사람 보는 눈이 있는데?

차상식과 같이 통찰력이 뛰어난 사람은 그 사람의 단면만 보고도 그 이면에 숨겨진 재능을 파악할 수 있다.

공유찬은 한결이 이번에 올린 홀딩전략의 성과를 통해 그의 가능성을 점친 것이다.

"브라질에 대한 투자전략 중에서 IX인터와 연결해서 수익을 극대화할 수 있는 수정방안을 가져와 봐."

"자산운용실의 프로젝트를 제게 주신다는 말씀입니까?"

"왜? 자신 없어?"

밥그릇 싸움에 민감한 IX홀딩스의 자산운용실이 과연 가만히 있을 리가 없다.

아마도 엄청난 반발이 한결을 향할 것이었다.

-큭큭! 저 새끼가 사람을 은근히 맥일 줄 아네?

'그래도 이건 기회잖아요?'

-레벨업의 지름길이랄까? 한국시장에서 이제 브라질 시

장으로 진출한다는 것이니, 네게는 절대 손해 볼 것 없는 일이지.

한결은 당연하다는 듯 고개를 가로저었다.

"아니요, 자신 있습니다!"

"생각보다 패기가 있는데? 좋아, 한번 지켜보겠어. 하지만 만약 나를 실망시킨다면 앞으로 IX홀딩스에서는 발붙이고 살기 힘들어질 거야."

"아마 그럴 일 없을 겁니다!"

"눈빛 좋은데? 군대 어디 다녀왔나?"

"해병대 수색대입니다!"

"그래? 반가워."

"아! 역시 선배님……."

"아니, 난 특전사."

"헉!"

"이야, 어쩐지 미묘하게 성격이 안 맞는다 싶었는데, 이유가 있었네?"

견원지간, 물과 기름으로도 표현되는 해병대와 특전사의 만남이라니.

이게 무슨 운명의 장난이란 말인가.

-큭큭! 이게 또 이렇게 애매하게 관계를 꽈 주네?

'…다음부터는 절대 해병대 얘기는 하지 말아야지!'

§ § §

네 마녀의 날에 산산조각이 나 버린 안성중공업의 시가 총액은 1/20인 110억으로 후퇴했다.

이 과정에서 회사채, 전환사채들이 전부 휴짓조각이 되어 시장에 나왔으나 사 주는 사람이 없었다.

이제 곧 안성중공업은 법정관리에 들어갈 것으로 예상된다.

한데 차상식은 그야말로 상식 밖의 결단을 내렸다.

ㅡ우리 이번에 청산받은 돈이 총 얼마지?

"한 60억쯤 되죠."

ㅡ시총 110억이라는 것도, 사실 말이 그렇지 그 절반에도 못 팔릴 가능성이 높단 말이야. 그렇다면 이것저것 빼고 뭐 하면 거의 30억이면 최대주주 타이틀 거머쥘 수도 있다는 소리지.

"…시총이 20분의 1로 쪼그라들어 버린 깡통회사를 사자고요?"

ㅡ내가 저번에 말할 때 뭐 들었냐? 안성중공업을 먹을 거라니까?

"이 깡통을 수거하자고 30억을 태우자고요? 왜요?"

ㅡ짜식이 뭘 모르네. 이차전지라는 게 말이야, 아무리 지금 파국이라도 언젠가는 다시 오르게 되어 있거든. 그때까

지 회사 간판만 달고 있어도 거의 두 배 이상은 거머쥘 수 있다는 뜻이지.

"…아! 맞다! 특허!"

−그래, 인마! 반쪽짜리 특허에, 반쯤 사기 간판에 불과하긴 해도 공동특허권이라는 파워를 무시할 수는 없거든. 만약 잘해서 대기업이 공동 R&D라도 제안한다고 해 봐. 그럼 결국 ISA에서 우리와 협상을 할 수밖에는 없어진다는 뜻이지. 이게 바로 작전주를 먹는 바이아웃 투자의 정석이라는 거야. 알겠냐?

한결은 그야말로 경탄을 금치 못했다.

아무리 생각해도 차상식의 전략은 범인들의 생각으로는 절대 따라잡을 수 없다는 생각이 들었기 때문이다.

−자, 그럼 괜찮은 투자은행 하나 골라서 우리 차명으로 회사를 인수하도록 하자. 투자은행에 약간의 커미션을 주면 채권매입이라든지 M&A계약은 굳이 본인 출석 안 하고도 마무리할 수 있거든.

"아하! 그렇게 차명으로 회사를 매입하게 된다면 굳이 내가 전면에 나설 이유가 없겠군요!"

−아마 회사가 공중분해되면서 건물도 가압류에 걸렸을 거야. 그러니 한 30억쯤 들여서 작은 꼬마빌딩 하나 구하고 거기에 등기 옮기면 되겠다.

"뭐가 이렇게 물 흐르듯이 자연스러워요? 예전에 많이

해봐서 그런가?"

-내가 말했지? 뒤통수 맞은 적이 꽤 있다고. 그거 복수하면서 다니다 보니 자연스레 그렇게 되더라.

"허참, 아무튼, 그래서 투자은행은 어디가 좋겠어요?"

-음… 그럼 이참에 아예 안면 트고 지낼 뱅커 한 명 섭외하지, 뭐.

§  §  §

세계적인 투자은행 '아메리카 인베스트먼트 뱅크(America Investment Bank)'는 최근 불거진 바이오디젤 사태와 함께 한국시장을 강타한 이차전지 폭락사태를 수습하느라 정신이 없었다.

따르르르릉!

"네, 스와든입니다."

-대진은행 채권담당자인데요. AIB M&A 중개담당자 맞으시죠?

"그렇습니다만."

-이번에 이차전지 관련 채권을 좀 매각하려고 하는데, 혹시 다리 좀 놔 주실 수 있나 해서요.

"그건 채권담당자에게 문의하셔야죠."

-…안 되니까 그러죠.

AIB 한국지사에서 M&A 중개 및 자문을 담당하는 제임스 스와든은 아주 골머리가 빠개지기 일보 직전이었다.

하루가 멀다고 채권을 덤핑하겠다는 사람들이 줄을 서고 있는 것이었다.

"머리가 아프군."

제임스 스와든은 주변에서 '제임스미네이터'라고 불릴 정도로 표정 변화가 없는 무덤덤한 사람이었다. 그런 그가 이렇게 머리가 아프다고 할 정도면 한국 시중은행에서 그를 얼마나 괴롭히고 있는지 어렵지 않게 예상할 수 있었다.

제임스 스와든은 대진은행의 전화를 대충 마무리하고 끊어 버렸다.

따르르르릉!

"…안 되겠다."

그는 아예 전화의 코드를 뽑아 버렸다.

어차피 중요한 연락은 이메일이라든지 스마트폰으로도 얼마든지 할 수 있으니 유선전화는 그냥 꺼 버리는 게 낫겠다 싶은 것이었다.

딩동!

이번에는 이메일이 도착했다.

[발신자 : 투자귀신]

[안녕하십니까? 창진증권 커뮤니티 성공시대에서 활동

하는 투자귀신이라고 합니다. 이메일을 드린 것은 다름이
아니라 인수합병 중개를 요청하기 위해……]


"투자귀신? 인베스트먼트 팬텀(Investment Phantom)?
뭐, 그런 뜻인가?"

한국어를 상당히 능숙하게 구사하긴 했지만, 그래도 가
끔은 뜻이 잘 통하지 않을 때도 있다.

일이야 어찌 되었든 간에 이번 건수는 그의 주 업무인
M&A 중개가 맞았다.

일단 첨부된 파일을 열어서 대상 회사의 정보를 확인해
보았다.

그런데…….

"…안성중공업?!"

순간 제임스는 자신의 눈을 의심했다.

도대체 어떤 미친놈이 법정관리에 들어간 회사를 인수해
서 가지고 가겠다고 설치겠냔 말이다.

혹시나 하는 마음에 안성중공업의 사업자등록번호까지
조회해 봤지만, 그 트러블 메이커인 안성중공업이 맞았다.

"뭐지? 도대체… 개념 자체가 없는 사람인 건가?"

너무나도 의아한 마음을 가지고 있는데 의뢰인이 커뮤니
티를 들먹였던 것이 생각났다.

혹시나 해서 성공시대에 접속해서 투자귀신을 검색해 보았다.

[…왕의 귀환! 개미들의 왕 투자귀신의 정체는?]
[백성들을 구원하다! 계속되는 투자귀신의 매직…]

"아! 개미왕! 이 사람이 그 사람이구나!"
딩동!
이번에는 성공시대에서 쪽지가 날아왔다.

[투자귀신 : 이메일 잘 받으셨습니까?]
[나 : M&A 중개 신청하신 분 맞습니까?]
[투자귀신 : 네, 그렇습니다. 제가 인수중개를 요청했습니다]

"허… 주식시장 태풍의 눈이 인수합병을?"
다소 이해가 안 가는 상황이긴 했으나 이슈 메이커인 주식시장 네임드가 연락을 해 왔다는 것은 너무나도 뜻밖의 일이었다.

[투자귀신 : 기업인수를 위해서는 본인이 한 번쯤은 움직여야 하죠?]

"흠… 얼굴 드러나는 게 껄끄러운 모양이로군. 하긴 워낙 적이 많은 사람일 테니."

창진증권의 데이터베이스는 세계 최고수준의 방어시스템을 갖추고 있다. 지구 최강의 해커가 작정하고 턴다고 해도 중요정보는 털리지 않을 것이다.

고로 투자귀신이 접속했다는 것만으로도 이미 신원은 보증된 셈이다.

[나 : 그렇게 껄끄러우시면 필요 서류만 등기로 보내시고 미팅은 안 하셔도 됩니다]

[투자귀신 : 그래도 되겠습니까? 행여나 곤란한 상황에 처하게 되지는 않을지 걱정됩니다만]

[나 : 괜찮습니다. AIB는 고객의 니즈를 최우선으로 합니다]

실제로 AIB는 서류가 제대로 갖춰져 있고 중개비만 정상적으로 입금된다면 외계인이 거래를 요청해도 응해 준다.

이것이 바로 투자은행이 지금까지 해외에서 세력을 유지할 수 있는 비결 중 하나였다.

제임스 스와든은 그의 중개를 받아들이기로 마음을 먹었고, 그렇게 마음을 먹고 나니 투자귀신에 대해 알아 가고 싶다는 생각이 들었다.

[나 : 개인적으로 질문 하나만 해도 되겠습니까?]

[투자귀신 : 투자 관련 질문만 아니라면 얼마든지요]

[나 : 다른 담당자들도 많은데 왜, 굳이 저를 선택하셨습니까? 선생님 정도 네임드면 솔직히 본사에서도 관심을 가질 만한데요]

[투자귀신 : 당신과는 뭔가 재미있는 일을 도모할 수 있을 것 같아서요]


"재미있는 일?"

개미들의 왕, 투자의 신이라는 사람이 보여 준다는 일은 과연 얼마나 재미있을까?

제임스는 왠지 가슴이 두근거리기 시작했다.


[나 : 최선을 다해서 모시겠습니다!]


『투자의 귀신』 3권에서 계속